Detlef Nießen

V E U

Im Fadenkreuz der Wächter

AF223150

Der Autor:

Detlef K. Nießen wurde 1963 in Köln geboren. Nach seinem Studium der Elektrotechnik durchlief er beruflich verschiedene Stationen. Seit langem widmet er sich nebenbei seiner großen Leidenschaft, der Schriftstellerei. Der Autor verfasst Kurzgeschichten und Romane, wobei er sich insbesondere auf Fantasy und Science-Fiction spezialisiert hat.

Das Schreiben / Die Bücher:

Ein Traum von mir erfüllte sich im Mai 2007, als ich mein erstes Buch, **Die Legende der Steine,** im BoD-Verlag Norderstedt veröffentlichte. Die Geschichte entstand bereits im Jahre 1993. Ich versuchte Fantasy, Märchen und reale Welt in einem Abenteuer zu vereinen, und so etwas Neues zu schaffen. Auch Mystery und Horror sollten in diesem Abenteuer nicht fehlen, und natürlich sollten auch die Götter und Dämonen ihre Rolle in dieser Geschichte bekommen.

Im Jahre 2007 kam mir die Idee zu dem Thriller, **VEU – Im Fadenkreuz der Wächter**. In diesem Roman wollte ich eine Zukunft zeigen, in der hoch entwickelte Überwachungstechniken eingesetzt werden, um das Volk vor Terroristen und Schwerverbrechern zu schützen. Doch die Behörden haben nicht nur die Überwachung von Terroristen im Sinn, sondern sie wollen das Volk kontrollieren. Alles erdenkliche wird zum Schutz und zum Wohl des Volkes unternommen, aber das Volk wird nicht danach gefragt, ob es diese Art von Schutz überhaupt möchte. Tauchen wir in die Zukunft ein und sehen, was aus ihr werden kann oder bereits geworden ist.

Detlef Nießen

V E U

Im Fadenkreuz der Wächter

Thriller

Impressum

Alle Rechte liegen beim Autor. Die Verbreitung in
jeglicher Form und Technik, auch auszugsweise,
nur mit schriftlicher Genehmigung des Autors.

Titel: VEU – Im Fadenkreuz der Wächter
Copyright © 2008 by Detlef Nießen

Umschlaggestaltung : Ursula Nießen und Detlef Nießen
Umschlagfoto: Copyright © Detlef Nießen

Herstellung und Verlag: Books on Demand GmbH, Norderstedt
Gedruckt auf Qualitätspapier, säure-, holz- und chlorfrei
sowie alterungsbeständig.
Printed in Germany

ISBN-13: 978-3-8370-6842-9

Dieses Buch ist einem
ganz besonderen Menschen
in meinem Leben gewidmet
meiner Frau Ursula.

Danksagungen

Ein ganz besonderer Dank an meine Frau Ursula Nießen, die mein Manuskript las und mir mit Rat und Tat zur Seite stand.

Ein herzlicher Dank geht an meine aufmerksame Lektorin Nadine Reiners.

Inhalt

Prolog

Ein vereinigtes Europa. Unsere Väter und Großväter träumten einst von einem vereinten Land, von einem einzigen Staat, der für Frieden und Freiheit stehen sollte. Es war eine Idee, die viele Menschen begeisterte. Doch Ideen und Visionen entwickeln sich manchmal nicht so wie ursprünglich geplant.

Es waren große Visionen, die unsere Vorväter hatten und in die Tat umsetzten. Menschen aus verschiedenen Kulturen, mit verschiedenen Glaubensbekenntnissen und von unterschiedlichen Vorstellungen zu vereinen, und aus diesen verschiedenen Völkern ein Ganzes zu formen.

Große Hoffnung hatte einst das Volk gehabt, doch nach der totalen Vereinigung verschwand diese Hoffnung aus den Köpfen der Menschen. Heute, einige Jahre in der Zukunft, wurde aus einst 27 Ländern der EU, die VEU, die **Vereinte Europäische Union**. Ein Land. Eine Regierung. Eine Europäische Armee, genannt die European Army.

Um das Volk vor einer Bedrohung zu schützen, wurden hoch entwickelte Überwachungstechniken eingesetzt. Die Bürgerinnen und Bürger der VEU bezahlten mit ihrer Freiheit. Viele der angewandten Techniken für die Überwachung und das Ausspionieren der Bürgerinnen und Bürger werden schon seit Jahren angewandt. Einige technische Innovationen werden in naher Zukunft eingeführt und andere, wollen wir hoffen, dass sie niemals das Licht der Welt erblicken werden. Aber in den Köpfen der Menschen sind sie heute schon vorhanden. Viele Menschen wissen nicht, oder sie wollen es nicht wahrhaben, dass sie schon einmal überwacht oder ausspioniert wurden. Die Datensammelwut und der Überwachungswahn hat uns alle eingeholt.

Die folgende Geschichte spielt im Jahr 2018. Lassen wir uns überraschen, was uns in Zukunft bevorstehen könnte.

1 *Code Red 1*

Es war fast Mitternacht, und es regnete in Strömen. Irgendwo in Berlin hastete ein Mann mit einem schwarzen, kleinen Koffer durch die Straßen. Er war Mitte 30, hager und hatte lange, braune Haare. Seine Augen zeigten den Ausdruck der Angst, die in ihm steckte.

Er drehte seinen Kopf von links nach rechts und suchte verzweifelt nach einer Fluchtmöglichkeit. Sein Atem ging schwer. Er rang nach Luft, und trotz der regnerischen und kühlen Nacht, lief ihm der Schweiß den Körper hinab. Er blieb kurz stehen, stemmte die linke Hand in seine Taille und atmete hastig ein und aus. Er war am Ende seiner Kräfte. Seit knapp einer Stunde war er auf der Flucht.

Einen Ausweg! Ich brauche einen Ausweg! Was soll ich machen? Wohin soll ich fliehen? Viele Gedanken schossen ihm durch den Kopf.

Seine Kleidung war von Regen und Schweiß durchnässt. Er hatte Angst. Große Angst, denn seine Verfolger waren ihm auf den Fersen.

»Da vorne ist er. Bleiben Sie stehen!«, hörte er eine kräftige Stimme, die irgendwo hinter ihm erklang.

Scheiße! Sie haben mich gefunden. Ich muss weg hier!, dachte er, drehte sich um und sah seine Verfolger. Es waren zwei Männer mit dunkelbraunen Anzügen und schussbereiter Waffe.

»Bleiben Sie stehen! Verdammt! Wir kriegen Sie, Lindner!«, rief einer der Verfolger wütend.

Die kennen meinen Namen. Die wissen, wer ich bin. Wer sind diese Typen? Ich habe sie noch nie in meinem Leben gesehen. Lindner atmete tief ein, hielt seinen Koffer eisern fest und lief los. *Ich muss entwischen! Ich muss!* Sein Puls raste, und sein Schädel dröhnte.

Die Verfolger holten auf. Gnadenlos hetzten sie den jungen Mann durch die Straßen. Sie waren durchtrainiert, hatten eine sehr gute Kondition, und sie waren schnell. Verdammt schnell. Zu schnell für Markus Lindner.

»Halt! Es hat keinen Sinn mehr. Bleiben Sie endlich stehen!«, rief einer der Verfolger.

Lindner war verzweifelt. Er rannte so schnell er konnte. Seine Lunge schien zu bersten. Das Blut schoss ihm in den Kopf. Lindner schaute sich im Lauf nach seinen Verfolgern um. Er konnte nicht mehr. Lindner war am Ende seiner Kräfte. Er war erschöpft. Lindner blieb stehen, drehte sich herum, griff mit der rechten Hand unter seinen langen, schwarzen Mantel und fasste sich ans Herz. Er japste nach Luft.

Schüsse peitschten durch die Nacht.

EINS, ZWEI, DREI.

Lindner verdrehte die Augen. Er vernahm ein leichtes brennen in der Magengegend. Er blickte herab und sah, wie sein Mantel sich rot färbte. Lindner bekam keine Luft mehr. Blut tropfte auf das Straßenpflaster. Zwei Kugeln hatten ihn getroffen. Lindner verdrehte abermals die Augen, sackte zusammen und fiel mit dem Gesicht zur Straße. Die beiden Verfolger hatten Lindner inzwischen erreicht.

»Sei vorsichtig, Mark!«, sagte der junge Verfolger und richtete seine Waffe auf Lindner. Der zweite Verfolger, Mark Boyles, näherte sich Lindner vorsichtig. Er hielt seine Waffe in der rechten Hand, ging in die Hocke und drehte Lindner langsam um. Dieser hielt immer noch seinen Koffer mit der linken Hand eisern fest.

»Ist gut, Tom! Du kannst deine Waffe herunternehmen! Der Mann ist tot«, sagte Boyles, steckte seine Waffe ein und nahm Lindner den Koffer ab. Sein Kollege, Tom Heester, senkte die Waffe, holte sein Handy hervor und drückte auf eine Taste.

»Code Red 1 ausgeführt. Objekt erlegt«, sagte er knapp. Boyles öffnete inzwischen den Koffer und starrte auf den Inhalt.

»Verdammt! Verdammt!«, fluchte er laut.

»Was ist los?«, fragte sein Kollege.

»Schau selbst!«, sagte Boyles.

Der Blick des jungen Kollegen fiel in den Koffer.

»Verdammt!«, sagte auch er. »Scheiße!«

»Das war kein Code Red 1«, gab Boyles von sich.

»Nein, war es nicht«, sagte Heester und griff abermals zu seinem Handy. Er drückte erneut auf die Taste und wartete auf eine Verbindung. »Wir haben hier ein Problem. Wir haben keinen Code Red 1. Ich wiederhole. Wir haben keinen Code Red 1.«

»Okay. Sichert die Stelle ab. Ich schicke sofort ein Team zu euch. Die Einsatzstelle wird gesäubert«, sagte eine dunkle Männerstimme am anderen Ende der Leitung.

»Das ist schon der zweite Tote in diesem Monat«, sagte Boyles, der immer noch neben dem Koffer hockte und zu seinem Partner aufschaute. »Es darf auf keinen Fall etwas an die Öffentlichkeit dringen!«, ergänzte er noch.

»Das denke ich auch«, sagte Heester und schielte auf den Koffer des Toten, in dem sich zwei Brote, eine Flasche Coke, ein Notepad und einige Spielfilme auf Mikro-Speicherkarten befanden. »Mist, es war kein Code Red 1«, fluchte Heester erneut und steckte endlich seine Waffe ein. »Ich dachte wir jagen einen Schwerverbrecher.«

»Bei der Überwachung von Lindner ist uns wohl ein Fehler unterlaufen«, bemerkte Boyles.

»Warum ist er bloß geflohen? Warum?«, fragte Heester.

»Ich weiß es nicht. Verdammt!«, antwortete Boyles, und Heester bekam noch ein Schulterzucken als Antwort. »Fragen können wir ihn ja nicht mehr«, ergänzte Boyles, und seine Stirn legte sich in Falten. Er tastete den Toten ab und suchte nach einem Ausweis. Er fand ihn schließlich in der Innentasche des Mantels. Er nahm die kleine Ausweiskarte an sich und erhob sich aus der Hocke.

»Hast du den Person-Identity-Tester dabei?«, fragte Boyles.

»Hier hast du ihn. Denk daran, noch ist dieses Gerät nicht offiziell erlaubt«, sagte sein Kollege und übergab Boyles den Person-Identity-Tester, ein kleines, quadratisches Gerät mit einem Bildschirm und einer kleinen, runden Platte, auf der man den Zeigefinger einer Person legen konnte.

Boyles hockte sich wieder neben den Toten und legte dessen rechten Zeigefinger auf die kleine, runde Platte. Er betätigte eine Taste, und im Nu wurden alle gespeicherten Daten des Toten aus der Datenbank der BÜTAS (*Behörde für die Überwachung terroristischer Aktivitäten und schwerer Verbrechen*) abgerufen und auf dem kleinen Bildschirm angezeigt: Markus Lindner, 34 Jahre, verheiratet, zwei Kinder, Salzbrunnen Str. 5, Berlin, Bankangestellter, Vorstrafen keine.

Future-News:

Heute gab es in Berlin eine Schießerei, wobei ein unschuldiger Passant getötet wurde. Die Täter sind noch auf der Flucht und werden von der Polizei gesucht. Die Polizei geht davon aus, dass es sich bei den Tätern um Drogenkuriere handelte. Hinweise, die zur Ergreifung der Täter führen, nimmt jede Polizeidienststelle entgegen.

2 Der Verdacht

Freeman fuhr mit seinem Auto durch die Straßen von Berlin. Er war auf dem Heimweg und hatte es wie immer eilig. Er wohnte in der Innenstadt. Ein Gedanke ging ihm immer wieder durch den Kopf, *Daniela*. Er trat aufs Gas und sang ein Lied.

Oh, meine Daniela ich komme nach Haus,
Oh, meine Daniela ich zieh meine Schuhe aus,
Komm, lass uns tanzen, den ganzen Abend lang,
oder wollen ...

»Verflucht!« schrie Freeman und trat auf die Bremse. Um ein Haar wäre er dem Vordermann aufgefahren. Freeman atmete erleichtert auf.

»Da hast du aber Glück gehabt, Will«, sagte er laut zu sich selber. *Da hätten sich die Behörden wieder gefreut. Einen Strafzettel hier, ein Bußgeld da, ein Eintrag in die Datenbank, wegen eines verschuldeten Unfalls,* dachte sich Will. Der Verkehr floss wieder, und Will gab Gas.

Will parkte den Wagen vor seinem Haus, stieg aus und eilte zur Haustür. Ungeduldig schloss er auf und stürmte ins Wohnzimmer. Er rannte zum Telefon und wählte Danielas Nummer. *Blöd, dass ich heute mein Handy vergessen habe,* dachte er und wartete auf Danielas Stimme.

»Hallo, Will«, sagte eine bezaubernde Stimme am anderen Ende der Leitung zu ihm. Daniela hatte schon auf dem Display ihres Telefons gesehen, dass Will sie anrief.

»Hallo, Daniela«, antwortete Will. »Was machst du heute Abend? Sollen wir zusammen ins Kino gehen?«

»Heute habe ich leider keine Zeit. Ich muss noch einen Artikel für die Zeitung schreiben«, sagte sie.

»Schade!«, sagte Will, und Daniela fühlte die Enttäuschung in Wills Stimme. »Vielleicht morgen?« Will gab nicht auf und wartete ungeduldig auf eine Antwort.

»Morgen ist gut«, antwortete Daniela.

»Ich komme dich so gegen acht Uhr abholen«, sagte er schnell, und Daniela willigte ein.

Nach zehn Minuten verabschiedeten sie sich, und Will legte den Hörer auf. Fröhlich ging er in die Küche, holte sich eine Flasche

Bier, ging ins Wohnzimmer und schnappte sich seinen Laptop. Will machte es sich in einem ovalen, hellgrünen Sessel gemütlich. Er stellte die Bierflasche auf einen kleinen, runden Beistelltisch und nahm seinen Laptop auf den Schoß. Er griff nach der Bierflasche, nahm einen kräftigen Schluck und schaltete den Laptop ein. Will öffnete eine Datei, überlegte kurz und hämmerte mit seinen Fingern auf die Folientastatur ein. Rasend schnell wurden aus Buchstaben Wörter gebildet, und aus Wörtern entstanden Sätze.

Wills Gedanken sprudelten hervor, und es entstanden Absätze, bis das Kapitel fertig geschrieben war. Will überlegte, griff wieder nach der Bierflasche und nahm einen Schluck zu sich. *Das Kapitel habe ich fertig*, dachte Will, schaute auf die Uhr und griff nach dem Telefonhörer, der auf dem Beistelltisch lag. *Zehn Uhr. Ich werde mal Carlos anrufen. Er wollte noch etwas im vorletzten Kapitel ändern*, dachte Will und wählte die Nummer seines Freundes.

»Carlos Rodriges«, meldete sich eine verschlafene Stimme.

»Hallo, Carlos. Hier ist Will. Hast du schon geschlafen?«

»Bin beim Schreiben eingenickt.«

»Wie bist du mit den Korrekturen vorangekommen?«, fragte Will.

»Bin fast fertig«, antwortete Carlos. Er lag mit seinem Laptop auf der Couch und richtete sich langsam auf. Er gähnte kurz und erstattete Will Bericht.

Will hatte eine einmalige Idee für einen Agenten-Thriller gehabt, den er zusammen mit seinem Freund Carlos schrieb. Wills größtes Hobby war das Schreiben. Er schrieb viel und gerne. Es war zu einem Teil seines Lebens geworden. Vier Bücher hatte Will bereits fertig gestellt, aber noch keines war zur Veröffentlichung gekommen. Doch das fünfte Buch, welches Will zusammen mit seinem Freund schrieb, sollte als e-Book im Internet veröffentlicht werden. Der Buchtitel war angemeldet und die ISBN-Nummer hatten Will und Carlos schon erhalten. Das Buch befand sich in der Endphase. Ein Kapitel war noch zu schreiben, ein paar Korrekturen durchzuführen, und dann konnte es losgehen. Will und Carlos waren sehr gespannt auf ihre Veröffentlichung. Für das Buch wurde schon Werbung gemacht, und das Interesse an der Geschichte war groß.

Eine Hürde hatte das Buch von Will und Carlos noch zu nehmen. Es musste von dem Committee-of-Literature-Control, kurz COLC genannt, freigegeben werden. Von dem COLC wurden alle neuen Veröffentlichungen auf ihren Inhalt geprüft. Für die Überprüfung der Texte wurden Großrechner eingesetzt, die nach einem bestimmten Muster den Text durchforsteten. Wurden verdächtige Inhalte gefunden, leitete man sämtliche Daten an die BÜTAS weiter. Dort wurden der verdächtige Text und der Verfasser kontrolliert. Anschließend wurde der Text mit einem Gutachten an das COLC zurückgegeben. Das COLC hatte die Berechtigung den Buchinhalt zu kürzen, Passagen zu streichen, oder sogar das gesamte Werk zu verbieten. In schwerwiegenden Fällen wurde der Autor zur Rechenschaft gezogen und ein Strafprozess eingeleitet.

Will war zuversichtlich, dass es keinerlei Probleme mit der Freigabe des Buches geben würde. Das COLC war schließlich nur eine Behörde wie jede andere auch. Sie führte nur Kontrollen durch. Das glaubten Will und sein Freund Carlos. Aber sie wussten nicht im Einzelnen, wie diese Behörde arbeitete.

»Ich sende dir eine E-Mail zu, wenn ich mit den Korrekturen fertig bin«, gab Carlos von sich. Er klang immer noch müde.

»Gut, dann pflege ich den Text von dir in das Manuskript ein«, antwortete Will und verabschiedete sich von seinem Freund.

Will schrieb noch einige Zeilen, griff abermals nach der Flasche Bier und trank sie aus.

So langsam werde ich müde. Komm, Will, reiß dich zusammen! Noch eine Stunde, und dann geht es ins Bett, dachte er und fuhr mit dem Schreiben fort. *Mist! Was ist denn das? Da hat sich doch der Fehlerteufel eingeschlichen. Ich muss Carlos noch einmal anrufen.*

Will griff zum Telefon und wählte die Nummer von Carlos. Zwar besaß das Telefon eine Spracheingabe, aber Will benutzte lieber den Touchscreen.

»Hallo, Will«, meldete sich eine Stimme.

»Hallo, Carlos. Ich glaube im Kapitel 5 ist dir ein Fehler unterlaufen. Und zwar an folgender Stelle, die sich ...«

Carlos hörte zu, und ihm war schnell klar, dass er zwei Personen miteinander vertauscht hatte. Will und Carlos sprachen sich ab und besserten die Textpassagen aus.

»In zwei Wochen wird unser Buch veröffentlicht. Bis dahin müssen wir alle Unstimmigkeiten beseitigt haben«, sagte Will und überlegte kurz, »oder besser noch, bis zur nächsten Woche, wenn wir unser Buch im Radio vorstellen werden.«

»Kein Problem, Will. Mach dir mal nicht so viele Sorgen. Bis nächste Woche ist unser Roman fertig und fehlerfrei«, wollte Carlos seinen Freund beruhigen.

»Die fehlenden Informationen bezüglich der Waffen und Sprengsätze der neuen Generation habe ich erhalten. Diese werde ich heute noch in Kapitel 7 einarbeiten«, sagte Will.

»Kapitel 7 und Sprengsätze?«, fragte Carlos nach. »Werden die Bomben nicht in Kapitel 8 gezündet?«

»Stimmt, in Kapitel 8.« Die Telefonleitung knisterte für einen Moment, und Will machte eine kurze Pause, bevor er weitersprach. »Dort wird das ganze System in die Luft gesprengt.«

»Irgendwie ist mir das ein zu großes Massaker, aber wenn du darauf bestehst«, antwortete Carlos.

Will dachte kurz nach. »Vielleicht ändere ich auch noch etwas ab. Ich werde dir per E-Mail die Informationen zukommen lassen. Okay, hauen wir in die Tasten! Nächste Woche wird es wie eine Bombe einschlagen.«

»Okay, bis dann, Will. Und arbeite nicht zu viel«, verabschiedete sich Carlos von seinem Freund und legte auf.

Will begab sich sofort daran, die besprochenen Änderungen durchzuführen.

★

Ein hagerer, blonder Mann, Mitte zwanzig, lief durch ein Großraumbüro, vorbei an Schreibtischen, Computern und Servern. Einige Kollegen sahen ihm kurz nach, bevor sie sich wieder ihrer Arbeit widmeten.

»Wir haben einen Code Red 3«, stürmte der junge Mann in das Büro seines Vorgesetzten, Mark Boyles.

»Haben Sie das Gespräch aufgezeichnet?«, fragte ihn Boyles.

»Einen Teil davon«, sagte Dan Badarau.

»Kommen Sie mit! Wir gehen zusammen zu Tom Heester«, sagte Boyles und war auch schon unterwegs zu Heesters Büro. Badarau folgte ihm. Boyles betrat das Büro von Heester, dicht gefolgt von Badarau. Tina Mauresmo war bei Heester im Büro und informierte ihn bereits über das aufgezeichnete Gespräch. Sie war noch sehr jung, Anfang zwanzig, hatte kurze, braune Haare und trug eine kleine Brille mit ovalen Gläsern.

Badarau bekam weiche Knie wie immer, wenn er Tina Mauresmo sah. Heester drückte auf die Folientastatur, und das aufgezeichnete Gespräch startete. Aufmerksam verfolgten sie die Aufzeichnung.

»Dort wird das ganze System in die Luft gesprengt.«

»Irgendwie ist mir das ein zu großes Massaker, aber wenn du darauf bestehst.«

»Vielleicht ändere ich auch noch etwas ab. Ich werde dir per E-Mail die Informationen zukommen lassen. Okay, hauen wir in die Tasten! Nächste Woche wird es wie eine Bombe einschlagen.«

»Okay, bis dann, Will. Und arbeite nicht zu viel.«

»Den Anfang des Gesprächs haben wir leider nicht aufzeichnen können. Unser Abhörsystem hat sich nicht synchron eingeschaltet. Wir arbeiten noch an einer Verbesserung des Systems«, erklärte die junge Frau ihren Vorgesetzten.

»Weil das Gespräch nicht komplett aufgezeichnet wurde, haben wir vorerst einen Code Red 3 ausgerufen«, ergänzte Badarau.

Boyles überlegte, aber sein Kollege, Heester, kam ihm zuvor.

»Das Gespräch wird in der Datenbank als Code Red 3 abgelegt, und es wird eine Code-Red-Number vergeben! Die beiden Verdächtigen werden für die Überwachung freigegeben. Ich will, dass alle Gespräche von Anfang bis Ende aufgezeichnet werden! Alle vorhanden Daten der Verdächtigen, werden ebenfalls in die Datenbank transferiert!«

»Was wissen wir über die verdächtigen Personen?«, hakte Boyles nach.

Heester bediente die Folientastatur, und auf dem flachen Bildschirm erschienen die Daten, die über die Verdächtigen gespeichert wurden.

Code-Red-Number 52414232131D-12032018-00001, Will Freeman, 38 Jahre, ledig, Monumentenstraße 4, Berlin, Werbefachmann, Vorstrafen keine, Fitnessverein Goring, Aufenthalte außerhalb der VEU: Mexico, Kuba, Südafrika.

Code-Red-Number 52478922312D-12032018-00001, Carlos Rodriges, 36 Jahre, ledig, Turmstraße 12, Berlin, Fremdenführer, Vorstrafen keine, Fitnessverein Goring, Krediteintrag Schufa: 20.000 €, Aufenthalte außerhalb der VEU: Kuba, Südafrika.

»Da haben unsere Freunde ja schon einige Gemeinsamkeiten«, bemerkte Heester.

»Lass uns mal keine voreiligen Schlüsse ziehen!«, wandte Boyles ein und sah seinen Kollegen prüfend an, der wieder eine Verschwörung zu wittern glaubte.

»Ich will, dass von den Verdächtigen die Handys, die Computer, die E-Mails, die im Internet besuchten Websites und ihre Kredit-karten überwacht werden. Außerdem will ich noch wissen, zu welchen Personen Freeman und Rodriges Kontakt haben. Sämtliche Daten sollen in unserer Datenbank abgelegt werden!«, sagte Heester mit Nachdruck.

Badarau und Mauresmo nickten und machten sich sofort an die Arbeit. Boyles und Heester blieben im Büro zurück. Boyles Stirn legte sich in Falten. »Diesmal lassen wir die Sache aber langsam angehen und handeln nicht überstürzt!«, sagte Boyles mit kräftiger Stimme und verließ das Büro. Heester war sich sicher, dass er diesmal einen dicken Fisch an der Angel hatte, und diesen Fisch wollte er nicht mehr vom Haken lassen.

★

»Hallo, Will. Wie geht es dir?«, sagte eine bezaubernde Stimme.

Diese verfluchten Telefone mit ihren Displays. Man kann nicht einmal mehr jemanden überraschen, dachte Will. »Mir geht es gut. Treffen wir uns heute Abend, so gegen acht Uhr?«, fragte Will ungeduldig und wartete auf eine Antwort. Daniela zögerte einen Moment.

»Ist gut, um acht Uhr. Kommst du mich abholen?«

»Klar. Ich freue mich schon. Ich habe gestern mit Carlos telefoniert. Wir sind bald fertig. Wir müssen noch ein paar Details klären, dann kann es losgehen. Nächste Woche wird es wie eine Bombe einschlagen, hoffe ich.«

»Ich freue mich für euch, und drücke euch die Daumen. Ich muss zur Arbeit. Dann bis heute Abend, Will«, sagte Daniela und legte auf.

Will jubelte leise, zog seine Jacke an und machte sich ebenfalls auf den Weg.

Das leise Knistern in der Leitung hatten sie nicht wahrgenommen. Das Gespräch wurde von der BÜTAS aufgezeichnet und in die Datenbank abgelegt. Für Daniela Lopez wurde ebenfalls eine Akte angelegt und eine Code-Red-Number vergeben.

★

Carlos verfasste gerade eine E-Mail an seinen Freund, Will.

An: *freeman@netnet.de*. Betreff: *Sprengstoff*. Text: *Tausche die Wörter aus. Anstatt Sprengstoff nehmen wir Sprengpulver. Ist effektiver. Hab nicht viel Zeit. Muss zur Arbeit. Bis nachher. Gruß Carlos.*

Carlos drückte auf *Senden*, und die E-Mail trat ihre Reise an. Auf ihrem Weg durch das Netz, wurde sie zum Großrechner der BÜTAS umgeleitet, in die Datenbank kopiert, um anschließend ihren Weg zum Empfänger fortzusetzen.

★

Endlich war wieder ein langer Arbeitstag vorüber. Will fuhr eilig nach Hause und freute sich schon auf die Verabredung mit Daniela. Vorher wollte er noch seine E-Mails abrufen, eine Passage in seinem Roman ändern und sich noch duschen. Der Zeiger seiner Armbanduhr zeigte genau auf fünf. Will blieb genügend Zeit, um auch noch Carlos anzurufen. Will war in seinem Reich angekommen, rief die E-Mails ab und las sie schnell durch. Noch beim Lesen der letzten E-Mail benutzte er die Sprachführung seines Telefons, auch wenn er lieber selber wählte, aber er hatte es eilig.

»Verbindung zu Carlos«, sagte Will und las die letzte E-Mail.

»Hallo, Will«, meldete sich Carlos.

Will griff zum Hörer und meldete sich ebenfalls.

»Hast du morgen etwas vor? Wenn du Zeit hast, können wir uns treffen und die Korrekturen gemeinsam einarbeiten. Ich habe heute nicht viel Zeit, will mich mit Daniela treffen«, sagte Will.

»Ich bin morgen gegen sieben Uhr bei dir«, antwortet Carlos. »Was hast du denn für tolle Musik laufen?«, hakte Carlos nach.

»Die Musik hat einen tollen Rhythmus.«

»Das ist kubanische Musik. Ich liebe diese Klänge. Es steckt soviel Harmonie, Leidenschaft und Menschlichkeit in dieser Musik«, Wills Stimme klang begeistert.

»Dann sprichst du von der alten kubanischen Musik?«, wollte Carlos wissen.

»Die neue kubanische Musik ist etwas fetziger geworden, aber ich finde sie auch ganz gut. Schön ist, dass die neue Generation von Musikern, ihre alte traditionelle Musik noch pflegt.« Will war in seinem Element.

»Ich höre schon. Da steckt Gefühl drin, in dieser Musik«, sagte Carlos. »Werde ich mir morgen bei dir mal zu Gemüte führen.«

»Ich liebe diese Musik. Ich liebe das Land. Ich liebe die Menschen dort. Viva la revolución. Viva Che Guevara«, kam es spontan aus Will heraus. Carlos lächelte am Telefon.

»Dann bis morgen, Will. Und vergiss nicht unsere Revolution!«, sagte Carlos und lachte laut, bevor er den Hörer auflegte.

»Gerade ist wieder eine neue Aufzeichnung von Will Freeman und Carlos Rodriges eingegangen«, sagte Badarau zu seiner Kollegin, Mauresmo.

»Ist sie interessant?«, fragte Mauresmo gespannt, und Badarau spielte die Aufzeichnung ab.

»... Ich höre schon. Da steckt Gefühl drin, in dieser Musik. Werde ich mir morgen bei dir mal zu Gemüte führen.«

»Ich liebe diese Musik. Ich liebe das Land. Ich liebe die Menschen dort. Viva la revolución. Viva Che Guevara.«

»Dann bis morgen, Will. Und vergiss nicht unsere Revolution!«

Badarau und Mauresmo meldeten das Telefonat sofort ihrem Vorgesetzten, Heester. Der Verdacht gegen Will Freeman und Carlos Rodriges verhärtete sich, und Heester sah seinen Verdacht bestätigt. Er stufte Will Freeman und Carlos Rodriges als Staatsfeinde ein und verordnete einen Code Red 2. Von nun an waren Will Freeman und Carlos Rodriges Verdächtige, die mit allen Mitteln 24 Stunden überwacht werden durften. Auf Will und Carlos wurde je ein Europe-Agent angesetzt.

Future-News:

Heute ist ein neues Buch der Bestseller-Autorin Julia Robbins erschienen. Das Buch wird für den VEU-Buchpreis nominiert. Es handelt über die Vereinigung einer Nation und über die Freiheit des Menschen. Nach dem Motto: Die Gedanken sind frei und werden respektiert. Der Buchtitel lautet: Freiheitssinn.

3 Legión de la Libertad

In der Altstadt von Llanes, Nordspanien, Provinz Asturien. Im historischen Ortskern von Llanes mit seinen Kirchen und zahlreichen Adelspalästen der Gotik und des Barock hatte man den Eindruck, die Zeit wäre stehen geblieben. Weil die Altstadt von Llanes, wie viele Altstädte in Nordspanien, unter Denkmalschutz gestellt wurde, hatte sich das Stadtbild über Jahrzehnte hin erhalten. In den engen Gassen der Altstadt befanden sich unzählige Sidrerias oder auch Chigres genannt. Diese Sidrerias waren einzigartig, und es gab sie nur in den Regionen von Asturien und Kantabrien. Das waren die einzigen spanischen Regionen, die keinen Wein produzierten. Hier im feuchten Norden rühmte man sich dafür eines ganz eigenen Getränks, dem Sidra, einem Apfelwein. In den Sidrerias konnte man außerdem sehr gut Speisen. Hier wurden dem Gast die berühmten Tapas serviert. In einer Sidreria in der Altstadt von Llanes nahm das Schicksal seinen Lauf.

»Wir hätten gerne noch eine Flasche Sidra«, sagte ein junger Mann zu der Kellnerin, die sich sofort auf den Weg machte, um eine Flasche des berühmten Apfelweins zu holen.

An einem kleinen Tisch saßen vier Spanier zusammen und aßen gerade zu Mittag. In der Mitte auf dem Tisch standen zwei Teller, einer mit Boquerones, kleine Fische und einer mit Bocadillos, belegte Weißbrote.

»Haben wir auch an alles gedacht?«, fragte Nisha Nikolar in die Runde. Sie war eine rassige, junge Frau, Mitte zwanzig. Nisha hatte langes, lockiges, schwarzes Haar und große braune Augen. Ihr Spitzname war Coco Loco, was soviel bedeutete wie verrückte Kokosnuss. Ihre Mutter kam aus Russland, und ihr Vater war in Nordspanien geboren, in Bilbao.

»Es läuft alles wie geplant«, antwortete Pepe selbstbewusst. Pepe hatte die Gruppe erst vor drei Monaten kennen gelernt, und er genoss volles Vertrauen der Mitglieder. Pepe war Mitte 30, etwas klein geraten, aber ein lieber und netter Kerl. Er hatte kurze Haare und eine kleine Narbe auf der Stirn.

Es wurde ruhig am Tisch, die Kellnerin kam mit einer Flasche Sidra zurück, nahm das Glas von Pepe und füllte es auf. Das Auffüllen des Glases war fast schon ein artistischer Vorgang und ein Fall für Spezialisten. Bei der Einschenkprozedur hielt die Kellnerin die Flasche hoch über dem Kopf, das Glas ganz tief unten, und ließ nur eine kleine Menge des Sidras auf den Rand des Glases laufen, damit er schön aufschäumte und in einem Schluck getrunken werden konnte. Die Kellnerin reichte Pepe das Glas. Pepe leerte das Glas in einem Zug. Er leerte es fast, denn ein kleiner Rest blieb üblicherweise im Glas zurück. Die Kellnerin machte ihre Runde und goss den anderen am Tisch ebenfalls ein Glas Sidra ein.

»Morgen müssen wir in Bilbao eine Ladung abholen und nach La Coruña bringen«, sagte Juan González und meinte mit Ladung vier Menschen, »und ich will kein Risiko eingehen.« Juan González war Anfang 30, hatte lange, zottelige Haare und ein breites Gesicht. Er wirkte ein wenig untersetzt mit seinen 1,75 Meter und 85 kg, ansonsten war er ein lustiger Geselle, der immer einen Scherz auf den Lippen hatte. Sein Spitzname war Hack-Man. Er war ein wahres Computergenie und konnte sich in jedes Computersystem einhacken.

Jeder griff noch einmal zu, und die beiden Teller, die in der Mitte des Tisches standen, waren im Nu leer.

»Soll ich noch eine Kleinigkeit bestellen?«, fragte Loreena Leyva mit hungrigen Augen. Loreena war auch Mitte 20. Sie hatte kurzes, glattes, braunes Haar, und sie war klein und wirkte zierlich, aber das täuschte. Loreena war durchtrainiert und in vielen Kampfsportarten besaß sie den schwarzen Gürtel.

»Unsere Loreena, nie satt zu kriegen«, gab Juan von sich und lächelte sie an, »aber Hunger habe ich auch noch.«

Loreena lächelte und winkte die Kellnerin zu sich. Die Kellnerin goss einem Gast am Nebentisch gerade einen Sidra ein und kam anschließend zu Loreena an den Tisch.

»Wir möchten noch etwas bestellen«, sagte Loreena, und die Kellnerin hörte aufmerksam zu wie auch Juan, Pepe und Nisha. Juan ahnte, was letztendlich kommen würde.

»Wir hätten noch gerne eine Portion Queso de Cabrales, Queso de Gamonedo, Chorizo de Sidra und noch eine Flasche Sidra, bitte«, sagte Loreena und freute sich schon auf das Essen. Als die Kellnerin gerade gehen wollte, rief ihr Loreena noch nach, »Kutteln, noch eine Portion Kutteln, bitte«, sagte sie und rieb sich vor Freude die Hände.

»Unsere Loreena, nie satt zu kriegen«, gab Juan erneut von sich und lächelte Loreena an.

»Ich bin hungrig«, verteidigte sich Loreena.

»Morgen darf uns kein Fehler unterlaufen! Die Ware ist sehr kostbar«, sagte Juan mit Nachdruck.

Die Diskussion am Tisch wurde fortgeführt, und man ließ sich dabei das Essen schmecken.

★

»Sind alle auf ihrem Posten?«, fragte ein untersetzter, grimmig aussehender Mann.

»Claro! Alle wissen, was sie zu tun haben«, bekam er von seinem Kollegen als Antwort.

Sieben Männer und drei Frauen bezogen ihre Posten und beobachteten die Umgebung mit größter Aufmerksamkeit.

»Sie sitzen in der Falle. Darauf habe ich lange gewartet«, sagte Paul Amato zu seinem Kollegen. Amato war ein Europe-Agent. Er war 1,80 Meter groß, untersetzt und hatte einen grimmigen Gesichtsausdruck. Amato liebte seinen Beruf, und Erfolg liebte er ebenfalls.

»Machen wir kurzen Prozess?«, fragte ihn Stephen Gazzara. Er war Amatos rechte Hand. Sie arbeiteten schon sieben Jahre zusammen. Gazzara war fast so groß wie Amato. Er war schlank, hatte schwarzes Haar, blaue, stechende Augen und ein Grübchen am Kinn.

»Ich will alle lebend haben, wenn es möglich ist«, sagte Amato mit kräftiger Stimme. Gazzara gab sofort per Headphone die Befehle von Amato weiter.

»Wir warten hier ab, bis die Terroristen das Lokal verlassen. Zwei Mann riegeln die Straße ab, und dann werden wir zuschlagen. Das Lokal ist gut besucht. Ich will keine zivilen Opfer!«, erklärte Amato. Das leuchtete Gazzara ein, und er wartete geduldig auf seine Stunde. »Und keine örtliche Polizei! Wir erledigen das allein!«, gab Amato noch von sich und bezog seine Stellung.

★

»Ich liebe dieses Lokal«, gab Loreena mit einem Lächeln zu, griff sich ein Stück Queso de Gamonedo und ließ sich von einer Kellnerin einen Sidra einschenken.

»Ich schlage vor, dass wir gleich aufbrechen und noch einige Vorbereitungen treffen«, sagte Juan.

Die Gruppe stimmte zu, und Juan bezahlte die Rechnung. Die Kellnerin bedankte sich für den Besuch und natürlich für das üppige Trinkgeld.

Juan, Pepe, Loreena und Nisha standen auf und verließen das Lokal. Juan sah sich nach rechts und links um, konnte nichts Verdächtiges sehen. Die Gruppe setzte ihren Weg nach links fort und ging die enge Straße der Altstadt entlang.

»Macht euch bereit!«, befahl Amato in sein Headphone und verfolgte die Gruppe.

»Darauf habe ich lange gewartet. Nisha und Juan, endlich kriege ich euch«, flüsterte Amato.

»Hier stimmt etwas nicht!«, bemerkte Juan und schaute sich sorgenvoll um. »Uns folgen zwei Männer in braunen Anzügen«, sagte er zu Nisha. »Schau dich mal unauffällig um!«

Nisha drehte ihren Kopf, schaute zur Seite und aus den Augenwinkeln sah sie die beiden Männer.

»Wir werden verfolgt«, sagte Nisha knapp. »Irgendeine Idee?«

Juan überlegte, und Nisha informierte Pepe und Loreena über ihre Verfolger.

»Gleich kommt ein kleiner Laden, in dem man Andenken für Touristen kaufen kann. Ich kenne den Besitzer gut. Dort gibt es einen Hinterausgang, der auf einen Hof führt. Den Hof müssen wir überqueren. Dort ist eine Toreinfahrt, die auf eine Straße, die parallel zu unserer verläuft, führt«, erklärte Juan.

Nisha war einverstanden, und auch von den anderen gab es keine Einwände. Die Gruppe betrat den kleinen Laden in der Altstadt.

»Was wollen die Terroristen in diesem Laden?«, fragte Gazzara misstrauisch seinen Kollegen. Amato wusste keine Antwort. Auch sein Misstrauen wuchs.

»Wir warten kurz ab und stürmen den Laden dann«, sagte Amato und griff nach seiner Pistole. Er gab Befehle über sein Headphone, und die Europe-Agents bezogen Stellung.

»Ich will Nisha und Juan lebend haben!«, sagte er ausdrücklich, bevor er den Befehl gab den Laden zu stürmen.

Alles ging blitzschnell. Amato und Gazzara stürmten in den Laden, gefolgt von drei weiteren Europe-Agents. Amato sah sich um. Doch von der Gruppe war niemand mehr zu sehen. Nur der Ladenbesitzer stand hinter seiner Kasse und schaute verdutzt in den Mündungslauf eines Revolvers.

»Wo sind sie hin?«, fragte Amato den Ladenbesitzer.

»Wer?«, stellte der Ladenbesitzer die Gegenfrage.

»Sie machen sich strafbar, wenn Sie Terroristen zur Flucht verhelfen!«, sagte Amato mit tiefer, unfreundlicher Stimme. Der Ladenbesitzer überlegte.

»Hier in Ihrem Laden waren eben vier Personen, die zur Legión de la Libertad gehören. Dies ist eine Terrororganisation. Also, wo sind sie hin?« Amatos Stimme wurde noch unfreundlicher. Er ging auf den Ladenbesitzer zu, der schnell auf eine Tür zeigte, die sich etwas versteckt hinter ihm befand.

»Dort sind sie hinaus«, sagte er ängstlich, und schon war Amato mit seinen Kollegen durch die Tür verschwunden. Amato benutzte sein Headphone und erkundigte sich über die Aufenthaltsorte seiner Agents. Zwei Agents standen vor dem Laden, drei liefen die Straße hinunter und waren auf dem Weg, um die Terroristen von der anderen Seite abzufangen. Weitere zwei Agents beobachteten den Jeep, der zu den Terroristen gehörte.

Juan, Pepe, Loreena und Nisha hatten die Toreinfahrt passiert und bogen in die Straße nach links ein. Juan wandte sich noch einmal kurz um und lief los.

»Kommt! Beeilung! Die Agents überqueren gerade den Hof«, gab Juan von sich. Er war sich sicher, dass die Verfolger Europe-Agents waren. Ziemlich sicher.

»Mierda!«, schimpfte Nisha laut, als sie das Wort Agents hörte.

Die Gruppe lief die enge Straße entlang und bog die nächste Straße rechts ab. Hastig schauten Pepe und Nisha sich um und rannten weiter. Die Agents hatten gerade die Toreinfahrt durchquert und sahen, wie die Gruppe rechts abbog und verschwand. Schnell spurteten die Agents hinterher. Amato hielt, trotz seines Gewichtes, den Spurt durch. Gazzara wunderte sich, woher Amato die Ausdauer nahm.

Juan lief an der Spitze und bog die nächste Straße links ein. Ihr Wagen stand nur noch zwei Straßen entfernt. Amato dirigierte seine Kollegen per Headphone durch die Straßen. Alle Agents hatten sich auf den Weg gemacht und rannten durch die Altstadt, um die Terroristen abzufangen. Amato kannte sich in Llanes sehr gut aus. Hier hatte er einige Jahre gewohnt und mit den Gassen der Altstadt war er sehr vertraut. Nur noch ein Agent bewachte den Wagen der Terroristen.

»Mierda! Mierda!«, wiederholte Nisha laut. »Sie werden uns kriegen!«

»Niemand bekommt uns zu fassen. Los, beeilt euch!«, rief Juan.

Die Gruppe bog in die nächste Straße ab. Ihr Wagen stand in einer Parktasche, in etwa 200 Meter Entfernung.

»Sie kommen! Ich habe sie im Visier!«, sagte der Agent, der den Wagen beobachtete.

»Schießen Sie einen von ihnen an, aber töten Sie niemanden«, sagte Amato und fieberte der Gefangennahme entgegen.

Es knallte, ein Schuss löste sich, und die Kugel streifte Pepe am rechten Oberarm. Alle gingen hinter einem Wagen in Deckung.

»Bist du in Ordnung?«, fragte Juan besorgt.

»Alles klar. Ist nur ein Kratzer«, kam es von Pepe.

»Ich sehe den Agent. Er steht am Eingang des Handy-Ladens. Das Schwein. Ich werde ihn mir schnappen«, sagte Nisha und war auch schon verschwunden. Wendig wie eine Katze, schlich sie um die parkenden Wagen herum.

»Sei bloß vorsichtig, Nisha«, flüsterte Juan.

Amato hatte mit seinen Agents fast die Straße erreicht, in die die Terroristen abgebogen waren.

»Die Zeit wird knapp. Die Agents müssen uns bald eingeholt haben«, sagte Loreena besorgt.

Nisha huschte an der Hauswand entlang und kam wie ein Wirbelwind über den Agent. Sie hatte Glück, dass der Agent sie nicht kommen sah. Er war zu sehr auf die Gruppe konzentriert, die sich rechts von ihm befand. Nisha schlich sich von hinten an und schlug dem Agent ihre Faust gegen den Hinterkopf. Der Agent kippte zu Boden. Nisha trat zu und verpasste ihm einen Kinnhaken, der ihn bewusstlos werden ließ.

Nisha lief los. Juan, Pepe und Loreena ebenfalls. Nisha erreichte den Wagen, und Juan schloss die Tür mit der Funkfernbedienung auf. Nisha öffnete die Tür und sprang auf den Beifahrersitz. Juan setzte sich ans Steuer und ließ den Wagen an. Es war ein großer Jeep.

Amato und seine Kollegen bogen um die Ecke. Von der anderen Seite kamen zwei weitere Agents auf den Jeep zugelaufen. Gazzara sah den bewusstlosen Agent auf der Straße liegen, hob seine Waffe, zielte und schoss. Pepe zuckte zusammen. Ihn hatte die Kugel erwischt. Sie drang in die rechte Seite des Unterleibs ein und am Rücken wieder aus. Loreena war schockiert, als sie sah, wie Pepe getroffen wurde. Schnell half sie ihm in den Wagen, hechtete hinterher und schloss die Tür.

»Fahr los!«, schrie Loreena, und Juan gab Gas. Er setzte zurück, die Reifen quietschten, und er rammte einen kleinen PKW, der von rechts angefahren kam. Außer einem Blechschaden war zum Glück nicht viel passiert. Juan drehte den Wagen nach rechts und beschleunigte.

Wieder gab Gazzara einen Schuss ab. Die Kugel verfehlte den Wagen und durchschlug die Fensterscheibe eines Gebäudes.

»Hören Sie auf zu schießen, Gazzara!«, befahl Amato. Er war ärgerlich über seinen Kollegen, der wild um sich schoss.

Eine Limousine bog in die Straße ein und näherte sich Amato und seinen Leuten mit rasender Geschwindigkeit. Vorne im Wagen saßen zwei Agents. Amato und Gazzara schwangen sich auf den Rücksitz, und die Limousine fuhr los. Mit hoher Geschwindigkeit verfolgten sie den Jeep der Terroristen.

Der bewusstlose Agent kam langsam wieder zu sich, und Amato wurde darüber informiert, dass er wohlauf war. Amato war froh, dass der Agent nur ein paar blaue Flecken davongetragen hatte.

Nisha drehte sich um. »Wie geht es Pepe?«,wollte sie wissen.

»Kannst mich ruhig selber fragen! Bin schließlich noch nicht tot«, kam es von Pepe, und Nisha war erleichtert, Pepes Stimme zu hören.

»Es ist ein glatter Durchschuss. Ich denke, dass keine Organe verletzt wurden«, sagte Loreena, halbierte ihr Halstuch und presste jede Hälfte auf eine der Wunden, um die Blutung zu stoppen.

»Die Schweine haben Hochgeschwindigkeitsgeschosse benutzt«, gab Juan von sich. »Pepe hat Glück, dass er noch lebt!«

Geschickt lenkte Juan den Jeep durch den Verkehr.

»Fahr in Richtung Posada, auf der Nebenstraße! Von dort fährst du nach Rioseco! In Rioseco nehmen wir eine Piste, die in die Berge führt«, sagte Nisha.

»Mist, wir haben sie verloren«, fluchte Amato und schrie in sein Headphone. »Ich will sofort einen Satelliten, der nach den Flüchtigen sucht. Empfangen wir ein GPS-Signal von dem Jeep?«, fragte Amato ungeduldig.

»Wir empfangen das GPS-Signal klar und deutlich. Wir richten gerade einen Überwachungssatelliten auf das Signal aus. Sie fahren in Richtung Posada, soviel kann ich schon mal sagen«, antwortete eine freundliche Frauenstimme.

Amato gab den Befehl, und der Fahrer fuhr in Richtung Posada.

»Wir kriegen euch!«, fluchte Amato und fragte nach, ob der Überwachungssatellit schon ausgerichtet war. Amato wollte sofort, dass die Bilder von dem flüchtigen Fahrzeug auf den Folienbildschirm, der sich in der Lehne des Fahrersitzes befand, übertragen wurden.

Das Handy von Nisha klingelte. Nisha verlor keine Sekunde.

»Hallo, Nisha! Hier ist Anthony. Ihr habt aber für jede Menge Aufregung gesorgt.«

»Ist die Verbindung sauber?«, fragte Nisha schnell.

»Alles klar! Wegen der Verbindung mach dir keine Sorgen, das hab ich im Griff!«, sagte Anthony, der ein neues Programm einsetzte, dem er den Namen Spy-Hole gegeben hatte. Die Software konnte prüfen, ob eine Verbindung abgehört wurde, ferner sorgte sie dafür, dass die Gespräche nicht in die Datenbank der Behörde gelangten. Die Vorbereitungen, damit das Programm reibungslos Daten auswerten konnte, waren enorm, so dass der Einsatz nicht immer möglich war. Ebenfalls hatte die Legión de la Libertad eine Technik entwickelt, die ihre Handys gegen Ortung schützte. »Ihr habt ganz schön viel Staub aufgewirbelt. Ich habe mich ins Computersystem von BÜTAS gehackt. Ein Satellit wird gerade auf euch ausgerichtet, und eine Limousine verfolgt euch. Ein Hubschrauber ist ebenfalls auf dem Weg. Irgendetwas ist faul. Ihr habt einen Sender oder etwas ähnliches bei euch«, erklärte Anthony.

»Einen Sender?«, fragte Nisha erstaunt. »Was hast du noch herausbekommen?«

»Warte mal! Drei weitere Fahrzeuge haben sich gerade auf den Weg gemacht. Einer kommt aus Richtung Nueva, die beiden anderen aus Richtung Ortiguero. Zwei Hubschrauber kommen über die Sierra del Cuera zu euch. Mehr habe ich nicht für euch. Ich muss mich aus dem System ausklinken, man ist mir auf der Spur«, erklärte Anthony hastig, ohne Luft zu holen. Anthony LaPaglia war ein Computergenie, der im Hauptquartier der Legión de la Libertad tätig war. Er überwachte sozusagen die BÜTAS und die Europe-Agents.

»Wo hast du den Wagen her?«, fragte Nisha hastig und drehte sich zu Pepe um.

»Den hab ich ausgeliehen. Mein Fahrzeug ist stehen geblieben. Motorschaden«, sagte Pepe mit rot unterlaufenen Augen.

»Verdammt!«, fluchte Nisha.

»Was hast du?«, fragte Juan eilig, und Nisha war sehr wütend auf

Pepe.

»Einen Motorschaden? Ich glaube du hast einen Dachschaden. Ich fasse es nicht! Pepe hat den Wagen mit seinem Ausweis bei einer Mietstation geliehen. Wir müssen die Karre sofort loswerden, der hat einen eingebauten GPS-Sender. Wir sitzen hier wie auf dem Präsentierteller«, fluchte Nisha.

Juan schlug vor Wut mit seiner rechten Hand auf das Lenkrad und hielt Ausschau nach einem Ersatzfahrzeug. Sie fuhren gerade durch Posada hindurch, als Juan das Steuer herumriss und in eine Seitenstraße fuhr. Aus dem Augenwinkel heraus hatte er einen alten VW gesehen, vermutlich Baujahr 2005. Juan parkte den Jeep hinter dem VW und stieg aus.

»Los, kommt! Nehmt die beiden Taschen mit! Ich hole den Beutel aus dem Kofferraum«, befahl Juan und war auch schon verschwunden. Nisha trug die beiden Taschen, und Loreena half Pepe beim Gehen. Juan kam angelaufen, schaute sich um, sah nur einen alten Mann, der in etwa 400 Meter Entfernung vor ihnen über die Straße ging. Juan nahm aus dem Beutel, in dem sich vier Ponchos befanden, einen heraus, wickelte ihn sich um die rechte Hand und schlug die Fahrerscheibe des VWs ein. Schnell stieg er in den Wagen, setzte sich ans Steuer und öffnete die Beifahrertür. Nisha öffnete währenddessen die hinteren Türen und half Pepe beim Einsteigen. Dann schwang Nisha sich auf den Beifahrersitz. Juan hatte einen Autoschlüssel dabei, an dem ein kleines elektronisches Gerät befestigt war. Den Schlüssel steckte er ins Zündschloss und wartete ab. Der Sicherheitscode war schnell geknackt. Nun musste Juan den Wagen nur noch kurzschließen.

»Ich liebe alte Autos, und dieses ganz besonders, es hat noch keinen GPS-Sender an Bord«, ließ Juan von sich und fuhr los.

»Wir fahren jetzt über Ortiguero nach La Salce und weiter nach Arenas de Cabrales und versuchen in die Berge zu kommen! Hat irgendjemand einen besseren Vorschlag?«, fragte Juan, aber alle schwiegen.

»Wird Pepe es schaffen?«, erkundigte sich Juan bei Loreena.

»Ich hoffe es«, gab sie zurück.

Auf dem Weg nach La Salce kamen ihnen zwei Limousinen entgegen, in denen Europe-Agents saßen. Den alten VW nahmen sie nicht wahr und fuhren mit hoher Geschwindigkeit an ihm vorbei. Der VW nahm Kurs nach Arenas de Cabrales.

In der Zwischenzeit hatte die Limousine, in der sich Amato und

Gazzara befanden, den flüchtigen Jeep erreicht, und Amato turnte schon um ihn herum.

»Sie sind wieder entkommen. Das darf doch nicht wahr sein!«, fluchte er und schrie in sein Headphone. Gazzara untersuchte den Jeep von innen und fand Blutspuren auf dem Rücksitz.

»Einen habe ich erwischt«, sagte er stolz zu Amato. Amato legte die Stirn in Falten. »Gut gemacht, Gazzara!. Gut gemacht!«, sagte Amato genervt.

Amato hatte Glassplitter von einer Autoscheibe entdeckt. Er überlegte kurz und kam zu dem Schluss, dass die Flüchtigen mit einem gestohlenen Wagen weitergefahren waren. Sofort gingen die vier Europe-Agents los und erkundigten sich in den umliegenden Häusern nach den Flüchtigen und nach dem Wagen, der auf dem Platz vor dem Jeep gestanden hatte. Glück hatten sie aber im Moment nicht. Niemand der Befragten hatte etwas gesehen und wusste, wem der gestohlene Wagen gehörte.

Zwei Hubschrauber der BÜTAS kreisten über dem Gebiet von Ortiguero, auf der Suche nach den Terroristen. Doch die Suche blieb ergebnislos. Diese Hubschrauber waren mit allen technischen Raffinessen ausgestattet. Fast lautlos flogen sie über dem Einsatzgebiet. Sie hatten verschiedene Detektoren an Bord, besaßen Zugriff auf den Hauptcomputer der BÜTAS und deren Satelliten, und sie verfügten über hochauflösende Kameras. Kurz gesagt, wenn man einmal von ihnen entdeckt wurde, hatte man keine Möglichkeit mehr zu entkommen. Die Hubschrauber waren äußerst wendig und besaßen todbringende Waffen an Bord. Es waren wärmegelenkte Hochgeschwindigkeitsgeschosse. Ein Entkommen war kaum möglich, und wenn doch, konnte dieser Hubschrauber hunderte von diesen Geschossen abfeuern. Dafür brauchte er nur wenige Sekunden.

Future-News:
Heute gab es in Llanes eine Schießerei bei der Verfolgung einer Terrorgruppe namens Legión de la Libertad, wobei ein Terrorist angeschossen wurde. Die Flüchtigen sind mit einem gestohlenen Fahrzeug unterwegs. Es wird um äußerste Vorsicht gebeten, da die Terroristen schwer bewaffnet sind.

4 Freemans Reise

Will hastete durch die Flughafenhalle von Berlin. Er hatte noch eine halbe Stunde, bis die Maschine abflog. Will hatte kurzfristig von seinem Chef ein Flugticket bekommen und musste nach Bilbao fliegen, um sich mit einem Kunden zu treffen. Es war ein wichtiger Kunde, der einen großen Werbeauftrag an Wills Firma gegeben hatte. Will hatte vor einem Monat das Projekt von seinem Chef übergeben bekommen, und nun wollte der Kunde kurzfristig ein Meeting abhalten. Er veranlasste, dass alle Beteiligten des Projekts nach Bilbao kommen sollten. Der Kunde hatte Geld genug, und ihm war ein persönliches Gespräch lieber, als eine Videokonferenz über das Internet zu führen.

Das ist ein sehr kurzfristiger Termin. Ich muss in unserem Buch noch ein paar Korrekturen vornehmen. Nächste Woche haben wir die Premiere. Zum Glück habe ich mir davor drei Tage frei genommen. Meinen Laptop mit meinen Büchern habe ich bei mir. Ich muss mich beeilen, die Maschine fliegt gleich ab!, dachte Will und legte einen Schritt zu.

★

»Wir empfangen sein Signal klar und deutlich. Er durchquert gerade die Flughafenhalle. Er hat einen Flug nach Bilbao gebucht. Was sollen wir unternehmen?«, wurde Boyles, der mit seinem Handy aus einem Wagen heraus telefonierte, von einer männlichen Stimme gefragt.

»Beobachten Sie ihn weiter! Wir sind gleich am Flughafen und werden ebenfalls die Maschine nach Bilbao nehmen«, sagte Boyles, der mit seinem Kollegen Heester gerade den Wagen vor der Polizeistation am Flughafen parkte.

»Los, komm! Wir müssen uns beeilen!«, sagte Boyles zu seinem Kollegen, Heester. Die beiden Männer liefen ins Flughafengebäude hinein, durchquerten die Flughafenhalle und erreichten endlich die Fluggast- und Handgepäckkontrolle. Boyles und Heester zogen ihre Ausweise und gingen am Kontrollpunkt vorbei. Sofort ertönte ein Alarmton, weil Boyles und Heester ihre Waffen bei sich trugen. Aber keiner der Sicherheitskräfte reagierte. Boyles und Heester waren schließlich Europe-Agents, und sie besaßen einen Sonderstatus.

»Das wird knapp«, ließ Heester von sich.

»Wir werden es schaffen, die Maschine fliegt nicht ohne uns. Ich habe vorher mit der Flughafenleitung telefoniert und den Sonderstatus Red One Zero verhängt«, gab Boyles von sich.

»Sonderstatus Red One Zero?«, wunderte sich Heester. Wurde dieser Sonderstatus von einem Europe-Agent verhängt, musste den Anweisungen des Agents Folge geleistet werden.

»Warum nicht? Wenn wir schon die Möglichkeit dazu besitzen, können wir uns das zu Nutze machen, aber das ist kein Grund um zu trödeln. Ich will nicht, dass die Maschine zu spät startet, sonst schöpft Freeman noch Verdacht«, erklärte Boyles.

★

Geschafft!, dachte Will und war erleichtert, als er in der Maschine saß. *Jetzt schlafe ich eine Runde, bevor ich anfange, die Korrekturen in unserem Buch einzuarbeiten.* Will legte den Kopf zurück, schloss die Augen und schlief ein. Doch zuvor hatte er den Wecker seiner Armbanduhr gestellt.

Fünf Sitzreihen hinter Will saßen Boyles und Heester. Boyles schielte nach vorne und rief eine Stewardess zu sich.

»Können Sie mir ein Glas Wasser bringen, bitte?«, fragte Boyles freundlich, und die Stewardess nickte mit einem Lächeln.

»Bringen Sie mir einen Kaffee«, warf Heester ihr an den Kopf, das freundliche Lächeln der Stewardess verschwand. *So ein blöder Typ*, dachte sie sich.

»Verzeihen Sie meinem Kollegen, aber er hat Angst vor dem Fliegen«, sagte Boyles freundlich, und das Lächeln der Stewardess kam wieder zurück. Sie ging fort, um die bestellten Getränke zu besorgen.

»Warum musst du immer so unfreundlich sein?«, fragte Boyles seinen Kollegen ärgerlich.

Heester gab keine Antwort und wartete geduldig auf seinen Kaffee. Boyles nahm aus der Innentasche seines Jacketts ein Notepad heraus und schaltete es an. Das Notepad war klein, handlich, hatte ein Foliendisplay, das auch als Touchscreen benutzt werden konnte. Ebenfalls besaß es ein kleines Display, das als Tastatur diente. Boyles tippte etwas auf der Tastatur herum, und sofort erschienen sämtliche gespeicherten Daten von Will Freeman auf dem Foliendisplay. Das Notepad war direkt mit dem Satelliten der

BÜTAS verbunden und bekam die angeforderten Daten übermittelt. Über einen kleinen, drahtlosen Kopfhörer hörte Boyles sich alle gespeicherten Telefonate von Will Freeman an. Irgendetwas störte Boyles an der Akte Freeman. Er war sich nicht sicher, ob Will Freeman schuldig war.

Boyles wurde unterbrochen, als die Stewardess mit den Getränken zurückkam. Boyles nahm dankend das Glas Wasser entgegen. Heester hingegen nahm den Kaffee und schaute die Stewardess grimmig an. Als die Stewardess fortging, schaute Heester ihr hinterher.

»Scharfes Gerät, oder?«, fragte er Boyles.

Boyles sah seinen Kollegen an. Er arbeitete schon eine lange Zeit mit ihm zusammen. Auf Heester war immer Verlass, aber diese Eigenart mochte Boyles überhaupt nicht an ihm. Dieser Charakterzug von Heester gehörte in die Mülltonne.

»Sie ist eine charmante, junge Dame. Freundlich, nett und sympathisch. Du könntest dich mal ein wenig zusammennehmen und auch ein wenig freundlicher sein! Dieses Benehmen an dir mag ich überhaupt nicht, Tom«, sagte Boyles ganz offen zu seinem Kollegen.

»Ja, ja! Du hast Recht. Ich versuche mich zu bessern, Mark. Versprochen!«, erwiderte Heester und meinte es ehrlich. Er wusste selbst, dass er manchmal unausstehlich war.

Will wurde wach, schaute aus dem Fenster, gähnte und stellte den Wecker seiner Armbanduhr aus. *Werd endlich wach, Will! Los, werd wach!*, dachte er und gähnte nochmals. Will nahm seinen Laptop, schaltete ihn ein und überlegte kurz. *Das Fliegen heutzutage ist schon ziemlich komfortabel geworden. Wenn man bedenkt, dass man früher keine Handys, Laptops und so ziemlich alles, was mit Elektronik zu tun hatte, beim Flug benutzen durfte, und jetzt ist schon ein Internetzugang im Flugzeug vorhanden. Ein Lob an die Ingenieure,* dachte Will, bevor er mit der Arbeit anfing.

Heester war gerade von der Toilette wiedergekommen und hatte einen Blick auf Freeman geworfen.

»Er hat seinen Laptop eingeschaltet. Hoffentlich hat er seinen Internetzugang aktiviert«, sagte Heester zu Boyles, als er sich wieder auf seinen Platz setzte. »Versuch einen Kontakt herzustellen. Wenn es funktioniert ist Freemans Laptop infiziert, und unsere Behörde hat das Spionageprogramm erfolgreich installieren können«, sagte Heester aufgeregt.

Boyles betätigte das Display seines Notepads und wartet auf eine Antwort. *No Data*, war auf dem Display zu lesen.

»Im Moment habe ich keine Verbindung zu unserem Satelliten«, sagte Boyles und versuchte nochmals eine Verbindung herzustellen. Es funktionierte. Will Freemans Laptop war mit einem Spionageprogramm infiziert worden, und somit hatte die BÜTAS vollen Zugriff auf seinen Laptop. Boyles durchwühlte die Festplatte von Freemans Laptop auf der Suche nach verdächtigen Dateien.

»Woran arbeitet er gerade?«, fragte Heester und schaute neugierig auf das Display des Notepads. Boyles betätigte die Displaytastatur und bewegte sich geschickt auf Freemans Laptop. Boyles fand die Datei an der Freeman arbeitete. Aber Freeman hatte für diese Datei ein Passwort vergeben, und die Datei auf der Festplatte verschlüsselt abgelegt. Boyles war es unmöglich, das Passwort und die Verschlüsselung zu knacken. Boyles versuchte die Datei zu kopieren, aber auch das schlug fehl.

»Das gibt es doch nicht!«, fluchte Heester. »Hast du kein Programm auf deinem Notepad, womit du das Passwort und die Verschlüsselung knacken kannst?«

»Doch, das habe ich, aber das Programm, das Freeman benutzt, ist neu auf dem Markt. Unmöglich das Programm zu entschlüsseln und das Passwort zu knacken«, gab Boyles von sich und sah die Enttäuschung in Heesters Gesicht.

»Dagegen muss unsere Behörde unbedingt etwas unternehmen. Das kann nicht angehen, dass es Verschlüsselungsprogramme auf dem Markt zu kaufen gibt, auf die wir keinen Zugriff haben«, fluchte Heester etwas lauter.

»He, Tom, schau mal! Der Laptop von Freeman hat eine eingebaute Webcam«, sagte Boyles, und Heester schaute auf das Notepad und sah Will Freemans Gesicht.

»Cool!«, sagte Heester. »Wenigsten das funktioniert.«

Der Zugriff auf die Webcam war ein Kinderspiel, da Boyles mit dem Laptop von Freeman verbunden war.

Die Maschine war im Landeanflug. In wenigen Minuten würde sie auf dem Flughafen von Bilbao aufsetzen. Will gingen viele Gedanken durch den Kopf. Er musste an Daniela denken. *Eigentlich wollte ich mich heute mit ihr treffen und zu Abendessen und ihr einen*

Heiratsantrag machen. Mist! Immer kommt etwas dazwischen, aber beim nächsten Mal werde ich Daniela fragen. Sie ist die Liebe meines Lebens. Ich werde sie heiraten! Das werde ich! Will schaute kurz zum Fenster hinaus und sah unter sich die Landebahn. *Das Gespräch mit dem Kunden ist morgen, dann kann ich mich heute noch etwas vorbereiten. Wird schon schief gehen, Will!* Will drehte den Kopf nach rechts, schaute an seinem Nachbarn vorbei und dachte an das Buch, das er schrieb. *Hoffentlich kommt Carlos voran. Ich werde heute Abend noch den Rest der Korrekturen einarbeiten ...* Will wurde aus seinen Gedanken gerissen, als die Maschine auf der Landebahn aufsetzte.

Nachdem das Flugzeug seine Position erreicht hatte, und die Stewardessen die Türen öffneten, stand Will von seinem Platz auf und verließ die Maschine. Boyles und Heester folgten ihm unauffällig. Will hatte nur einen kleinen Koffer bei sich und brauchte nicht zur Gepäckausgabe zu gehen. Er wollte schließlich keinen Urlaub verbringen, sondern nur zwei Tage in Bilbao bleiben. Am Flughafen besorgte er sich ein Taxi und ließ sich in das Hotel Carlton, am Plaza Federico Moyúa, fahren. Das luxuriöse Hotel befand sich in einem traditionsreichen, zentral gelegenen Gebäude in der Neustadt. Es zählte immer noch zu den Wahrzeichen von Bilbao. Billig war es keineswegs, aber der Kunde bezahlte das Hotel. Will freute sich schon sehr darauf und wollte sich bei der Ankunft in der Bar einen genehmigen. Nach der Reise hatte er sich das verdient.

Boyles und Heester hatten schon herausgefunden, in welchem Hotel Freeman übernachten wollte. Sofort hatte Boyles zwei Einzelzimmer reserviert und folgte dem Taxi, in dem Freeman saß, mit einer Limousine. Boyles hatte im Flugzeug die Limousine über sein Notepad angefordert.

An der Rezeption des Hotels warteten vier Personen. Zwei Männer und zwei Frauen. Will betrat das Hotel, ging zur Rezeption und stellte sich an. Es dauerte nicht lange, bis er an der Reihe war.

»Guten Tag, der Herr! Mein Name ist Herbert Grönemeyer. Haben Sie ein Zimmer reserviert?«, fragte der nette junge Mann. Will lächelte, *Herbert Grönemeyer, das ist der Name eines Musikers, den mein Großvater immer gerne gehört hatte. Grönemeyer, ein eigenartiger Zufall.*

»Mein Name ist Will Freeman.«

»Herr Freeman. Hier, bitte, Ihre Karte«, sagte der junge Mann in einem ruhigen Ton. Will wurde freundlich empfangen. Er legte seinen rechten Daumen auf eine kleine Plastikkarte, die der junge Mann ihm hinhielt. Der Daumenabdruck wurde in das Computersystem des Hotels gespeichert und diente sozusagen als Zimmerschlüssel. An jeder Zimmertür hing ein kleiner Apparat, der den Daumenabdruck des Gastes kontrollierte und erst nach Übereinstimmung mit dem Eintrag in der Datenbank die Tür öffnete. Boyles und Heester hatten inzwischen das Hotel betreten und hielten etwas Abstand von der Rezeption. Boyles konzentrierte sich auf Freeman. Als er sah, wie Freeman seinen Fingerabdruck hinterließ, jubelte er innerlich. Boyles griff nach seinem Handy und veranlasste, dass sofort ein Spionageprogramm auf den Computer des Hotels Carlton installiert werden sollte.

»Jetzt bekommen wir seinen Fingerabdruck«, flüsterte Boyles seinem Kollegen zu.

Die Angestellten der BÜTAS brauchten jetzt nur noch ihr Spionageprogramm auf dem Computer des Hotels zu installieren, dann würde es für sie keine große Aktion mehr sein, um an den Fingerabdruck von Will Freeman zu gelangen, denn Will besaß noch einen alten Reisepass, auf dem kein Fingerabdruck gespeichert war.

Will betrat das Hotelzimmer, schaute sich aufmerksam um und genoss den Luxus, den er zu sehen bekam. Will legte seinen kleinen Koffer auf das Bett und packte ihn aus. Das war schnell erledigt. Will setzte sich in den gelben Sessel, der rechts von ihm stand, und überlegte, was er jetzt machen sollte. Er nahm seinen Laptop auf den Schoß, schrieb eine E-Mail an Daniela und fing anschließend an, die Präsentation für den Kunden vorzubereiten. Will kam schneller voran, als er angenommen hatte. Zwei Stunden vergingen, und er hatte eine perfekte Präsentation vorbereitet. Will atmete erleichtert auf und beendete das Programm. Danach schrieb er noch eine E-Mail an Daniela.

Hallo Daniela,
bin mit meinen Vorbereitungen schneller fertig geworden,
als ich gedacht habe. Ich glaube, ich gehe mir die Altstadt
von Bilbao ansehen und eine Kleinigkeit essen. Werde
später weiterarbeiten und rufe dich nachher an.
In Liebe
Will

Will drückte auf das Feld *Senden* und schickte die E-Mail auf ihre

Reise. Wieder wurde Wills E-Mail von dem Großrechner der BÜTAS abgefangen und in deren Datenbank kopiert. Erst dann setzte sie ihren Weg fort. Will schaltete den Laptop aus, steckte ihn in eine Tasche und nahm diese in die linke Hand. Im Hotel wollte er seinen Laptop auf keinen Fall liegen lassen. Will machte sich auf den Weg zur Altstadt. Vom Portier des Hotels hatte er zuvor einen Tipp erhalten, wo man ein gutes Glas Wein trinken und gute baskische Küche genießen konnte. Die Preise in diesem Restaurant sollten auch noch moderat geblieben sein. Will stieg vor dem Hotel in ein Taxi ein.

»Museo Basco, por favor«, sagte er kurz. Sein Spanisch war nicht besonders gut. Der Taxifahrer fuhr los, über die Calle de Haro, in Richtung Altstadt. Die Altstadt war nicht weit entfernt, aber Will wollte keine Zeit verlieren und hatte sich deswegen ein Taxi besorgt. Schließlich hatte er sich vorgenommen, am Abend seine Korrekturen in das Buch einzuarbeiten. Das Taxi kam am Plaza Nueva vorbei. Das Museum lag nur noch zwei Straßen entfernt. Das Restaurant, das Will besuchen wollte, lag an der Rückseite des Archäologischen Museums, in der Calle Maria Muñoz. Will merkte nicht, dass ihm Boyles und Heester in einer Limousine folgten. Will war damit beschäftigt die Eindrücke der Altstadt in sich aufzunehmen.

»Museo Basco«, sagte der Taxifahrer und hielt an. Will bezahlte ihn, gab ein Trinkgeld und verabschiedete sich mit einem, »Adiós«, von ihm. Der Taxifahrer verschluckte ein paar Silben, aber Will glaubte ein *Adiós* gehört zu haben. Will ging auf das Museum zu, gefolgt von den Blicken von Boyles und Heester. Sie parkten den Wagen am Straßenrand und stiegen aus. Langsam setzten sich Boyles und Heester in Bewegung und folgten Will. Will ging um das Museum herum. *Irgendwo hier muss das Restaurant sein. Ich glaube der Name war Baste. Ja, Baste, hatte der Portier zu mir gesagt.* Will bog in die Calle Maria Muñoz ein und sah auch schon das Schild mit dem Namen **Restaurant Baste**. Er ging zielstrebig auf das Restaurant zu, schaute sich kurz die Speisekarte an und ging hinein. Der Kellner zeigte Will zwei Tische, die nicht reserviert waren, und Will entschied sich für den Tisch am Fenster. Von diesem Platz hatte er eine gute Sicht, über das gesamte Restaurant. Es war sehr hübsch eingerichtet, und man glaubte, die Zeit wäre hier stehen geblieben. Eine Spezialität dieses Restaurants sollten gefüllte Muscheln, Mejillones rellenos, sein. Diese Muscheln wollte Will auf jeden Fall probieren und stellte sich ein entsprechendes Menü zusammen. Mit den Namen der Weine konnte er nichts anfangen. Er suchte sich einen Rioja Rotwein aus und bestellte ihn.

Boyles und Heester hatten den Tisch zugewiesen bekommen, den Will zuvor abgelehnt hatte. Heester beobachtete Will Freeman skeptisch. Für ihn war Freeman schuldig. Für ihn war Freeman ein Verdächtiger, der zur Terrorszene gehörte. Boyles genoss es, in diesem Restaurant zu sitzen. Er suchte sich eine Vorspeise und ein Hauptgericht aus. Heester hingegen war es egal, was er zu Essen bekam. Er suchte sich irgendein Menü von der Tageskarte aus und bestellte sich ein Bier. Boyles hingegen nahm ein Glas Rotwein zu sich.

»Haben wir endlich den Fingerabdruck von Freeman erhalten?«, fragte Heester ungeduldig, als gerade der Kellner die Bestellung aufgenommen hatte und fortging.

»Ich sehe gleich nach«, antwortete ihm Boyles, und der Übereifer seines Kollegen ging ihm langsam auf die Nerven.

Zwei Tische von ihm entfernt, saßen vier Personen, die Will bekannt vorkamen. Er überlegte, und ihm fiel ein, dass er diese Personen, zwei Männer und zwei Frauen, im Hotel gesehen hatte. Sie waren vor ihm angekommen und hatten sich am Empfang registriert.

Boyles holte sein Notepad hervor und schaltete es ein. Er bediente das Display des Notepads.

»Wir haben den Fingerabdruck von Freeman in unserer Datenbank gespeichert«, sagte Boyles, und verglich Freemans Fingerabdruck mit den gespeicherten Fingerabdrücken der Fahndungsliste seiner Behörde. Heester starrte gespannt auf das Display des Notepads. *No Data*, erschien auf dem Display.

»Mist!«, fluchte Heester. Er hatte fest mit einem Eintrag in der Datenbank gerechnet.

Will genoss inzwischen seinen Rotwein und wartete auf die Vorspeise. Er hatte sich eine Fischsuppe bestellt, die er vom Kellner empfohlen bekommen hatte. Er nahm wieder einen Schluck Wein zu sich und dachte über das Buch nach. Endlich kam die Vorspeise. Will lief das Wasser im Mund zusammen. *Einfach köstlich, und das frische Brot dabei*, dachte Will und begann seine Fischsuppe zu essen.

Will sah zu den vier Personen hinüber, die er am Empfang des Hotels gesehen hatte. *Vermutlich hatte der Portier ihnen den gleichen*

Tipp gegeben wie mir, dachte Will. Er wollte grüßen, aber sie waren so in ein Gespräch vertieft, dass sie Will gar nicht wahrnahmen. *Vermutlich erkennen sie mich nicht. Wir hatten uns an der Rezeption nur kurz gesehen*, dachte sich Will und genoss seine Fischsuppe. Die kleine Gruppe diskutierte heftig, aber Will konnte kein Wort verstehen. Nun schaute eine der Frauen auf und sah zu Will hinüber. Die Frau überlegte kurz und grüßte Will. Die anderen der Gruppe schauten zu Will und grüßten ebenfalls kurz. Will grüßte freundlich zurück.

»Hast du das gesehen?«, flüsterte Heester seinem Kollegen zu. »Die kennen sich.«

»Sie haben mit Freeman am Empfang gestanden. Dass sie ihn kennen ist eine reine Vermutung von dir«, gab Boyles als Antwort.

»Kopiere die Fingerabdrücke aller Hotelgäste in unsere Datenbank und vergleiche sie mit unserer Fahndungsliste!«, gab Heester von sich.

»Alle Fingerabdrücke?«, fragte Boyles erstaunt.

»Wofür besitzen wir denn sonst diese Technik? Ich will wissen, ob noch mehr verdächtige Personen in dem Hotel abgestiegen sind«, sagte Heester trocken. »Danach kannst du die Fingerabdrücke der Hotelgäste mit der Fahndungsliste der Polizei und mit der Risk-of-Escape-List vergleichen«, ergänzte Heester.

Auf der Risk-of-Escape-List wurden Personen geführt, bei denen Fluchtgefahr bestand. Es waren Menschen, die aus der VEU fliehen wollten, um mit ihrem gesamten Hab und Gut irgendwo auf dieser Welt ein neues Leben zu beginnen. Eine Auswanderung in ein Land, außerhalb der VEU, war seit 2016 untersagt.

Boyles legte die Stirn in Falten und kopierte die Fingerabdrücke sämtlicher Hotelgäste in die Datenbank der BÜTAS. Dann startete er die Suche nach Verdächtigen. Alle Fingerabdrücke wurden mit der Fahndungsliste und der Risk-of-Escape-List verglichen. Anschließend wurden sämtliche Fingerabdrücke der Polizei übermittelt und mit deren Einträgen in der Datenbank verglichen. Inzwischen hatte Boyles seine Vorspeise bekommen und ließ sein Notepad die Arbeit erledigen. Boyles hatte sich einen Teller Menestra bestellt, das war ein Gemüseeintopf. Heester bekam eine Tagessuppe, die auch nicht übel aussah. Boyles leerte sein Glas und bestellte sich noch einen Rotwein.

Boyles probierte die Menestra. »Köstlich«, gab er von sich.

»Hast du schon die Ergebnisse?«, fragte Heester hektisch.

»Immer mit der Ruhe, Tom!«, sagte Boyles und wollte erst seinen Gemüseeintopf essen.

Will hatte sich noch ein Glas Rotwein bestellt und wartete auf das Hauptgericht. *Wenn ich im Hotel bin, werde ich zuerst Daniela anrufen*, dachte Will und schaute auf die Uhr. *Bestimmt ist sie schon zu Hause. Wenn ich wieder in Berlin bin, muss ich sie unbedingt fragen, ob sie meine ...* Will wurde aus seiner Gedankenwelt herausgerissen. Der Kellner brachte das Hauptgericht, gefüllte Muscheln, Mejillones rellenos. Will langte zu und ließ es sich schmecken.

Boyles hatte seine Vorspeise gegessen und nahm sein Notepad. Er betrachtete sich das Display, auf dem sechs Namen zu lesen waren. *Andreas Bähr, Andy Garcia, Christian Schell, Janine Wagner, Andrea Bettini, Patrick Wolff.*

»Da haben wir aber einige schwarze Schafe entdeckt«, gab Heester von sich. »Überprüfe mal, wer von diesen Gästen ein Hotelzimmer zusammen gebucht hat!« sagte Heester.

Boyles griff auf den Computer im Hotel zu und rief die Reservierungen der Personen ab, die auf seinem Notepad angezeigt wurden.

»Bingo!«, grinste Boyles freudig, als die Namen und die Passfotos auf dem Display angezeigt wurden. »Du hast ins Schwarze getroffen. Andy Garcia und Janine Wagner haben sich zusammen ein Doppelzimmer gemietet. Ebenso Andrea Bettini und Patrick Wolff«, sagte Boyles, und nun glaubte auch er so langsam an eine Verbindung zwischen Freeman und den vier Personen. Boyles betätigte sein Notepad, und Heester war gespannt, was Boyles noch herausfinden würde.

»Alle vier Personen stehen auf der Risk-of-Escape-List. Es besteht höchste Fluchtgefahr. Sie sind auf Warnstufe 1 gesetzt worden«, erklärte Boyles seinem Kollegen.

»Warnstufe 1? Und dann werden sie nicht überwacht?«, fragte Heester verstört. »Oder befindet sich ein zuständiger Europe-Agent im Lokal?«

»Ich frage mal in der Zentrale nach«, sagte Boyles und bediente sein Notepad. Einige Sekunden später hatte er die Antwort.

»Nein, es sind keine Agents hier in diesem Lokal.«

»Eigenartig!«, bemerkte Heester. »Was haben die beiden anderen Männer verbrochen?«

»Andreas Bähr wird wegen Autodiebstahl von der Polizei gesucht, und Christian Schell wegen Betrugs im Internet«, antwortete Boyles und drückte auf das Display seines Notepads.

»Gib die Daten von den beiden Gesuchten an die Polizei weiter! Die Riskos übernehmen wir.«

»Schon passiert«, sagte Boyles und grinste.

Riskos waren Personen, welche die VEU mit ihrem gesamten Hab und Gut illegal verlassen wollten.

»Sie stehen schon seit einem Jahr auf der Risk-of-Escape-List. Es macht den Anschein, als wollen sie unseren Staat endgültig verlassen, oder?«, fragend schaute Heester seinen Kollegen an.

»Damit hast du wohl Recht«, bekam er als Antwort.

In den Jahren 2003 bis 2007 waren große Auswanderungen aus Deutschland zu verzeichnen. Tendenz steigend. Da es vielen Menschen schlecht erging, suchten sie ihr Glück im Ausland. Damals hatte man damit geprahlt, dass die Arbeitslosenzahlen stark zurückgegangen waren, aber das war nur Augenwischerei gewesen. Allein in Deutschland wanderten in diesen Jahren über eine halbe Millionen Menschen aus, von denen eine gewisse Anzahl arbeitslos war, und somit waren diese Menschen aus der Statistik der Arbeitslosen verschwunden. Im Jahre 2012 und 2013 fand in der gesamten EU eine enorme Auswanderungswelle statt. Millionen von Menschen flohen in andere Länder, um ihr Glück zu suchen. Die Einwohnerzahl in der EU ging dramatisch zurück. Als 2014 die VEU gegründet wurde, beschloss man dieser Auswanderungswelle einen Riegel vorzuschieben, was dann auch im Jahre 2016 geschah. Über dieses neue Gesetz wurde die Bevölkerung nur oberflächlich und beiläufig informiert. Doch es gab viele Menschen die wussten, was sich hinter dem neuen Beschluss verborgen hielt. Diese Personen wurden von dem neuen Staat verfolgt. Verdächtige wurden in einer Risk-of-Escape-List geführt, und bei Warnstufe 1 wurden diese verdächtigen Personen beschattet. Man hoffte darauf, sie auf frischer Tat zu erwischen.

Um in einer Risk-of-Escape-List geführt zu werden, musste man nur eine falsche Äußerung in der Öffentlichkeit von sich geben, wie schön es doch außerhalb der VEU war, oder man verbrachte den Urlaub hauptsächlich in diesen Ländern. Schon wurden diese Personen mit der Warnstufe 3 in die Liste aufgenommen. Es gab die Stufen 1, 2 und 3. Personen, die Warnstufe 1 erhalten hatten, wurden einer totalen Überwachung unterzogen.

»Es muss eine Verbindung zwischen den vier Personen und Will

Freeman geben«, war Heester überzeugt.

»Das habe ich mir auch gerade gedacht«, bekam er als Antwort.

Will war mit dem Essen fertig und hatte sein Glas geleert. Er winkte einen Kellner zu sich und verlangte nach der Rechnung.

»Quisiera pagar, por favor«, sagte er fehlerfrei. Der Kellner antwortete ihm mit einem Dialekt, den Will nicht verstand.

Boyles winkte ebenfalls dem Kellner zu. Er ging an ihm vorbei, registrierte das Winken, und gab Will die Rechnung. Will bezahlte und gab ein Trinkgeld. Er stand auf, ging durch das Lokal und kam an dem Tisch vorbei, an dem die Personen saßen, die Will vom Hotel her kannte. Will grüßte nochmals und wurde zurück gegrüßt.

»Hat der Portier Ihnen auch das Lokal empfohlen?«, fragte er, obwohl es sonst nicht seine Art war, fremde Menschen einfach so anzusprechen.

»Ja«, sagte der Mann am Tisch, der Will am nächsten war. »Vermutlich bekommt er eine Provision dafür.«

Alle lachten.

»Geschäftlich unterwegs?«, fragte ihn die Frau, die am Fenster saß und wartete auf eine Antwort. »Wegen Ihrem Laptop«, ergänzte sie.

»Ich bin in der Werbebranche tätig«, antwortet Will schüchtern. Will kam mit der Gruppe ins Gespräch und setzte sich auf ein Glas Wein zu ihnen an den Tisch. Die Gruppe stellte sich vor, und nach einer Weile waren sie in einem Gespräch vertieft. Der Verdacht der Gruppe, dass Will Freeman ein Europe-Agent sein könnte, war verflogen.

Der Verdacht von Boyles und Heester hingegen hatte sich erhärtet. Als Boyles sah, dass Freeman sich an den Tisch setzte, bestellte er schnell noch ein Glas Wein und ein Bier.

»Wer fährt gleich?«, grinste ihn Heester an.

»Man wird uns bestimmt nicht kontrollieren«, grinste Boyles zurück.

Will unterhielt sich hervorragend mit der Gruppe, die er kennen gelernt hatte. Nach einer knappen Stunde verabschiedete sich Will, denn er wollte unbedingt Daniela anrufen und noch etwas an seinem Buch arbeiten.

»Wie sagt man hier? Buenas noches«, kam es von Will, und seine neuen Bekannten verabschiedeten sich mit einem *Buenas Noches* von ihm.

Will verließ das Lokal und suchte nach einem Taxi. *Ich hätte mir vom Kellner ein Taxi bestellen lassen sollen,* dachte sich Will, als er kein Taxi entdecken konnte. Er setzte den Weg zu Fuß fort.

Boyles und Heester bezahlten schnell die Rechnung und hechteten Will hinterher. Beim Verlassen des Lokals zogen sie die Aufmerksamkeit von Andy Garcia, Andrea Bettini, Janine Wagner, und Patrick Wolff auf sich.

Will erwischte endlich ein Taxi und ließ sich ins Hotel fahren.

»Schnell!«, schrie Heester. »Er entwischt uns.«

»Immer mit der Ruhe, Tom! Komm, wir gehen zu unserem Wagen und fahren ins Hotel. Bestimmt ist Freeman auch dorthin gefahren«, sagte Boyles geduldig. Boyles und Heester gingen zu ihrer Limousine, die nicht weit von ihnen entfernt stand. Boyles setzte sich ans Lenkrad, startete den Wagen und fuhr los. Schnell bog er in die Straße ein und hätte dabei fast einen Wagen gerammt.

»Mist!«, fluchte er. »Jetzt nur nicht in Hektik verfallen!«

Will erreichte das Hotel, bezahlte das Taxi, stieg aus und sah zu, dass er schnell auf sein Zimmer kam. Das Bedürfnis Danielas Stimme zu hören, wurde immer größer. Will wählte Danielas Nummer.

»Daniela Lopez«, meldete sich eine Stimme.

»Hallo, Daniela. Hier ist Will«, seine Stimme klang munter.

Daniela freute sich sehr, als sie die Stimme von Will hörte. Will berichtete temperamentvoll, was er bis jetzt erlebt hatte und ließ Daniela kaum zu Wort kommen. Endlich konnte auch Daniela von ihren Erlebnissen des Tages erzählen.

Nachdem Will das Telefonat beendet hatte, nahm er seinen Laptop, setzte sich in den gelben Sessel und pflegte seine Korrekturen ein.

Boyles und Heester hatten inzwischen die Empfangshalle des Hotels betreten.

»Ob Freeman schon in seinem Zimmer ist?«, fragte Heester ungeduldig.

»Werden wir vielleicht gleich sehen«, sagte Boyles geheimnisvoll, und beide Agents fuhren in den zweiten Stock und betraten Boyles Hotelzimmer. Heester öffnete einen kleinen Kühlschrank, der sich unterhalb eines Sekretärs befand und holte sich eine kleine Flasche Bier heraus.

»Noch durstig?«, machte Boyles sich lustig und hielt schon sein Notepad in der Hand.

»Wirklich ein wahres kleines Wunderwerkzeug.« Boyles staunte über den Fortschritt der Technik und schaltete sein Notepad ein. Er setzte sich in den gelben Sessel, und Heester nahm auf einem Stuhl Platz, der vor dem Sekretär stand.

»Was versuchst du gerade?«, fragte Heester neugierig. »Ich kann mich ärgern, dass ich mein Notepad zu Hause vergessen habe.«

»Ich versuche einen Kontakt mit Freemans Laptop herzustellen. Mal sehen, wo er sich herumtreibt«, erklärte Boyles. »Na, wer sagt's denn. Hier haben wir ihn, das Gesicht von unserem Will Freeman«, sagte Boyles stolz und drehte das Notepad herum, so dass es Heester sehen konnte. Boyles nutzte wieder die eingebaute Webcam in Freemans Laptop. Auf dem Display war Wills Gesicht zu sehen, und im Hintergrund erkannte man, dass er sich in seinem Hotelzimmer befinden musste.

»Grandios«, ließ Heester von sich. »Freeman entkommt uns nicht mehr«, lächelte er Boyles an.

Boyles ließ sich von Heester ein Bier reichen und machte sich an die Arbeit. Mit seinem Notepad durchforstete er die Dateien, die sich auf Freemans Laptop befanden. Viele Dateien waren mit Passwörter gesichert, zu denen Boyles keinen Zugriff bekam. Aber einige Dateien, dazu gehörten auch sehr private Briefe, die eigentlich nur für Daniela bestimmt waren, kopierte sich Boyles auf sein Notepad und las einige laut vor.

»Hast du schon etwas interessantes gefunden?«, fragte Heester. Er langweilte sich langsam.

»Nein, nur private Briefe und unwichtige Dokumente.«

»Sollen wir für heute Schluss machen?«, fragte Heester und gähnte. Seine Augen wurden träge und müde.

»Wenn du möchtest, kannst du auf dein Zimmer gehen. Ich durchforste noch ein wenig Freemans Laptop und leg mich dann auch schlafen«, antwortete ihm Boyles.

Heester stand auf, trank die Flasche Bier in einem Zug aus und verabschiedete sich von seinem Kollegen.

Boyles hingegen war noch nicht müde und bediente eifrig das Display seines Notepads. Boyles ging systematisch vor und kopierte sich sämtliche Dateien, die sich kopieren ließen. Einige Dateien waren leider Zugriffs- und Kopiergeschützt. Das ärgerte Boyles, aber er war sich sicher, dass seine Behörde diese Dateien mit der Zeit knacken würde.

Will ahnte nicht, dass sein Laptop ausspioniert wurde. Er setzte zwar das aktuelle Programm für den Schutz vor Viren sowie sonstige Malware ein, aber die BÜTAS gab den Firmen vor, welche Trojaner und Spionageprogramme, die Virenschutzprogramme nicht aufspüren durften. Somit hielt sich die Behörde eine Hintertür offen und konnte die Kontrolle über jeden Computer übernehmen.

Will schaute auf die Uhr. Es war schon spät geworden, und morgen musste er früh aufstehen. Er beschloss ins Bett zu gehen, aber zuvor schrieb er noch eine E-Mail an Daniela.

Liebe Daniela,
bin müde und gehe ins Bett. Ich wäre jetzt am liebsten bei
Dir. Es dauert ja nicht lange, bis wir uns Wiedersehen.
Ich liebe Dich
Will

Boyles fluchte, als Will seinen Laptop ausschaltete. Er überlegte kurz und rief die E-Mails von Will aus der Datenbank der Behörde ab. Er las die E-Mails und ging dann ebenfalls zu Bett.

Future-News:

Heute gab die Behörde für die Überwachung terroristischer Aktivitäten und schwerer Verbrechen bekannt, den Biometrischen Pass durch einen neuen Biometrischen Pass zu ersetzten. Dieser soll frühestens im Jahre 2020 verfügbar sein. Dort sollen wie bisher Bild, Name, Wohnort, Geburtsdatum, Nationalität und Fingerabdruck gespeichert werden. Ergänzend dazu sollen auch Daten wie Beruf, Straftaten, Risk-of-Escape-List, Schufa und Bankdaten gespeichert werden. Möglich ist dies durch ein neuartiges Satellitenüberwachungssystem, mit dem der neue Biometrische Pass verbunden ist. Die personenbezogenen Daten auf dem Mikrochip des Passes werden durch das Satellitsystem in Echtzeit aktualisiert.

5 Jagdrecht

Nisha alias Coco Loco, Juan alias Hack-Man, Pepe und Loreena fuhren mit dem gestohlenen VW durch Arenas de Cabrales. Juan war genervt. Ihn ärgerte die Fahrlässigkeit mit der Pepe den Jeep gemietet hatte, und ihn ärgerte, dass die Europe-Agents Schusswaffen einsetzten, obwohl sie eigentlich wissen mussten, dass die Legión de la Libertad keine Schusswaffen benutzte. Aber seit der Einführung des Gesetztes, im Jahre 2012, welches das Töten von Terroristen und Schwerverbrechern erlaubte, waren sie Freiwild für schießwütige Beamte geworden.

»Halt durch, Pepe! Es dauert nicht mehr lange, dann haben wir unseren Stützpunkt in den Picos de Europa erreicht«, sagte Loreena besorgt und versorgte die Wunden von Pepe.

Die Picos de Europa bildeten den höchsten Abschnitt des Kantabrischen Gebirges. Sie nahmen eine Länge von ungefähr 40 Kilometern und rund 20 Kilometer Breite ein. Die Picos lagen im Grenzgebiet der drei Autonomen Gemeinschaften León, Kantabrien und Asturien.

In Arenas de Cabrales bog Juan in eine Nebenstraße ein und fuhr in Richtung Poncebos.

»Willst du von Poncebos aus, die Piste in Richtung Cain nehmen?«, fragte Nisha.

»Ja«, kam eine knappe Antwort von Juan.

»Hoffentlich hält Pepe das durch«, erwiderte Nisha, »und hoffentlich schafft es diese alte Mühle. Die Piste ist ziemlich schmal und holprig, und am Ende der Piste müssen wir zu Fuß weiter. Denk an Pepe!«

»Ruf bei uns im Stützpunkt an, überprüfe ob Spy-Hole einsatzbereit ist, wenn ja, dann gib folgende Anweisungen durch: Zwei unserer Leute sollen uns abholen kommen und einen Esel mitbringen. Damit transportieren wir Pepe. Etwas besseres fällt mir im Moment nicht ein. Wenn einer von euch einen anderen Vorschlag hat, dann bitte.« Juan wartete ab. Einen Vorschlag bekam er jedoch nicht zu hören.

»Es wird bestimmt nicht lange dauern, bis die Europe-Agents herausbekommen, welchen Wagen wir gestohlen haben. Die Haupt- und Nebenstraßen können wir dann vergessen, also bleibt uns nur noch diese Möglichkeit«, ergänzte Juan. »Wir werden es schaffen!«, gab er zuversichtlich von sich.

Nisha wählte die Nummer des Stützpunkts und gab die Anweisungen von Juan weiter. Spy-Hole lief im Augenblick instabil und musste nach dem Gespräch vorerst abgeschaltet werden. Auf dem Stützpunkt reagierte man sofort. Ein Arzt und ein Bergführer mit einem Esel machten sich zur Abreise bereit. Ein kleiner geschlossener Transporter setzte sich in Richtung Cain in Bewegung.

Währenddessen fuhr der VW in Richtung Poncebos weiter. Von Poncebos in Richtung Cain existierte eine Piste, die nur schwer mit Fahrzeugen zu passieren war. Sie führte durch die Schlucht Garganta de Cares. Eine landschaftlich spektakuläre und überaus reizvolle Schlucht. Sie wird auch *La Garganta Divina* – Die göttliche Schlucht – genannt. Diese Piste wurde vor ein paar Jahren von der Legión de la Libertad, von einigen Freiheitskämpfern und von der Bevölkerung angelegt. Am Ende der Piste kam man nur noch zu Fuß oder mit einem Esel weiter. Dort zweigte ein schmaler Pfad ab und führte abseits vom Tourismus nach Cain. Der Weiler lag knapp 10 Kilometer von Posada de Valdeón entfernt. Die Straße zwischen Cain und Posada de Valdeón war schmal und kurvig. Teils war die Straße steil und abfallend. Cain war eine reizvoll gelegene Siedlung. Ihre Schönheit blieb über die Jahre hinweg erhalten. Die Siedlung selbst bestand aus einer Handvoll Häusern.

Der VW erreichte die Piste. Gleichzeitig ging Juan vom Gas. Langsam schaukelte sich der Wagen über die Piste in Richtung Cain.

»Was willst du mit dem Wagen am Ende der Piste machen?«, fragte Nisha und wandte sich Juan zu.

»Ich habe mir gerade überlegt, dass der Arzt uns begleitet, und der andere Mann den Wagen zurück nach Poncebos bringt und ihn verschwinden lässt«, erklärte Juan.

»Das hast du dir gut ausgedacht«, lobte Nisha.

Das rechte Vorderrad des Wagens drehte durch, und der Wagen rutsche zur Seite weg. Juan lenkte dagegen, um Haaresbreite wäre der Wagen von der Piste abgekommen und in die Tiefe gestürzt. Juan kam ganz schön ins Schwitzen. Die Fahrt erwies sich als überaus anstrengend.

Eine Stunde schaukelten sie schon über die Piste hinweg. Im Wagen war es, trotz der Klimaanlage, glühend heiß. Vermutlich funktionierte die Klimaanlage nicht richtig. Es war früh am Nachmittag, und die Anzeige für die Außentemperatur stand auf 33 Grad. Pepe atmete schwer, und seine Wunden schmerzten.

»Gleich werden wir das Ende der Piste erreichen«, sagte Juan, lenkte den Wagen um eine Biegung und sah einige Meter vor sich das Ende der Piste. Hier führte ein kleiner Pfad in die Berge hinauf. Am Ende der Piste war die Straße etwas breiter, und mit viel Geschick konnte man hier den Wagen wenden. Juan hielt den alten VW an, öffnete die Tür und stieg aus. Er lief auf Ferdinand Victor Delacroix zu und begrüßte ihn freundschaftlich.

»Wie geht es dir, Ferdinand? Man hat mir gar nicht gesagt, dass du uns abholen kommst. Ich dachte, du bist noch in Berlin?«, begrüßte Juan seinen langjährigen Freund. Ferdinand war Anfang 30, hatte kurze, braune Haare und ein schmales Gesicht.

»Mich hat es wieder nach Nordspanien gezogen. Hier ist meine Heimat«, erwiderte Ferdinand. »Ich habe Richard mitgebracht. Er ist Arzt und kommt aus Deutschland. Er hat sich vor fünf Jahren unserer Organisation angeschlossen.«

Juan begrüßte Richard mit einem kräftigen Händedruck.

»Löwenherz?«, fragte Juan und lächelte ihn an. Richard schaute fragend und nach wenigen Sekunden lächelte er zurück.

»Richard Wahlberg«, gab er als Antwort. Die beiden Männer waren sich auf Anhieb sympathisch.

Während sie sich unterhielten, verließen Nisha, Loreena und Pepe das Fahrzeug. Loreena und Nisha stützten Pepe und gingen auf Juan zu. Als Richard sah, wie Pepe auf ihn zukam, eilte er zu ihm hin. Richard hatte eine große Tasche mitgebracht. Darin transportierte er seine Utensilien. Richard öffnete die Tasche und holte eine Decke heraus, die er auf dem Boden ausbreitete.

»Setz dich hierhin!«, sagte Richard im Befehlston und half Pepe dabei. Die beiden Frauen gingen auf Ferdinand zu, begrüßten ihn und ließen den Arzt seine Arbeit erledigen.

Richard untersuchte Pepe und gab ihm zwei Spritzen. Anschließend reinigte er die Wunden mit einem Desinfektionsmittel und legte einen Druckverband an. Mit Erleichterung stellte er fest, dass die Wunden nicht lebensgefährlich waren.

»Da hast du einen guten Schutzengel gehabt«, sagte Richard, als er den Druckverband anlegte.

Indessen standen Juan, Ferdinand, Loreena und Nisha zusammen und diskutierten über den neuen Biometrischen Pass, der 2020 eingeführt werden sollte.

»Es wird schwierig werden, den neuen Pass zu fälschen«, sagte Nisha und wartete auf eine Antwort.

»Wo ein Wille ist, ist auch ein Code«, gab Juan von sich.

»Wir sind hier fertig«, rief Richard der Gruppe zu. »Von uns aus kann es losgehen.«

Richard begleitete Pepe zu dem Esel und half ihm hinauf. Die Gruppe verabschiedete sich von Ferdinand, der den VW nach Poncebos zurückbringen sollte. Juan nahm die Zügel des Esels und führte die Gruppe nach Cain.

Ferdinand stieg in den VW ein und ließ das Fenster hinunter. »Vayáis con Dios«, – Geht mit Gott –, rief er seinen Freunden aus dem offenen Fenster hinterher.

»Vayas con Dios, mein Freund«, antwortete Juan. »Vayas con Dios«, flüsterte er nochmals und betrat den schmalen Pfad, der nach Cain führte.

Ferdinand setzte den Wagen zurück und versuchte zu wenden. Es war schon eine artistische Leistung, aber Ferdinand war ein geübter Fahrer. Nach ein paar Lenkmanövern hatte er den Wagen gedreht und fuhr die Piste nach Poncebos zurück.

»Wie lange kennst du Ferdinand Victor Delacroix schon, und wie ist er zu diesem Namen gekommen? Hört sich französisch an«, fragte Pepe.

»Es ist schon eine Ewigkeit her. Wir haben uns vor ungefähr 10 Jahren kennen gelernt, während des Studiums. Die Freundschaft hat sich über die Jahre gehalten. Sein richtiger Name ist Fernando Brunelleschi. Er ist Kunstliebhaber und besonders der Malerei verfallen. Eines Tages lernte er die Bilder von Eugéne Ferdinand Victor Delacroix auf einer Ausstellung kennen. Von diesem Maler gibt es ein sehr bekanntes Werk, das allegorische Gemälde – Die Freiheit führt das Volk –, das anlässlich der Vertreibung des bourbonischen Königs im Juli 1830 entstand. Als Fernando Brunelleschi der Legión de la Libertad beigetreten war, legte er seinen alten Namen ab und nahm einen neuen Namen an. Fernando fand, dass der Name des Bildes und des Malers zu seiner neuen Identität passend waren«, erzählte Juan.

»Wann bist du der Legión de la Libertad beigetreten?«, wollte Pepe wissen und sah Juan neugierig an.

»Das ist eine etwas längere Geschichte«, antwortete Juan.

»Wir haben Zeit, oder?«, sagte Pepe auffordernd.

»Das stimmt. Es war vor ungefähr 6 Jahren, das war kurz nach dem Studium. Es war eine Tragödie. Ferdinand war zu Besuch bei seinen Eltern, die in San Sebastián lebten. Ich kann mich noch daran erinnern, als wäre es gestern geschehen. Ferdinand ging mit seinen Eltern auf dem Monte Urgull, in der Nähe des Kastell, spazieren. Zwei Männer und eine Frau kreuzten ihren Weg. Die junge Frau sprach sie an. Ihr Spanisch war nicht besonders gut, aber man konnte sie verstehen. Die Frau fragte nach dem kürzesten Weg zum Museo Naval. Ferdinands Eltern erklärten ihr den Weg, und sie kamen mit den Fremden ins Gespräch. Die beiden Männer sagten nicht viel, aber die Frau erzählte etwas von Nordspanien und dem schönen Urlaub, den sie hier verbrachten. Einer der Männer hätte ihr Lebensgefährte sein können, der andere war ziemlich jung, höchstens 16 Jahre alt. Plötzlich, ohne jede Vorwarnung ging eine Schießerei los. Ein Kugelhagel fegte der Gruppe entgegen. Rufe waren zu hören. Dann wieder Schüsse. Es waren Europe-Agents bei ihrem Einsatz. Die beiden Männer und die junge Frau gehörten der Legión de la Libertad an. Die Agents hatten vermutet, dass Ferdinand und seine Eltern die Kontaktpersonen waren, die sich mit den Freiheitskämpfern treffen wollten. Laut einem Gesetz von 2012 hatten die Agents die Genehmigung auf Terroristen zu schießen und waren berechtigt, erst hinterher die Fragen zu stellen. Die Bilanz des Einsatzes waren vier Tote und zwei Schwerverletzte. Die beiden fremden Männer waren auf der Stelle tot. Die Eltern von Ferdinand starben auf dem Weg ins Krankenhaus. Die junge Frau überlebte mit einem Bauchschuss. Ferdinand hatte ebenfalls einen Schutzengel bei sich gehabt. Er bekam zwei Kugeln in die Brust, die seine Lunge zerfetzten. Nach einer langen Notoperation überlebte er«, erzählte Juan deprimiert.

»Das ist ja schrecklich«, warf Pepe dazwischen, »aber die Agents hatten bestimmt damit gerechnet, dass die Gruppe schwer bewaffnet war und Widerstand leisten würde.«

»Von wegen bewaffnet. Die Legión de la Libertad besitzt keine Waffen, das ist eigentlich allen bekannt. An diesem Tag wurde Ferdinand zum ersten Mal mit der Legión de la Libertad konfrontiert. Das Massaker und die Unschuld von Ferdinand und dessen Eltern wurde kurz in den Nachrichten gesendet und besprochen, aber Konsequenzen wurden aus diesem schrecklichen Ereignis nicht gezogen. Daraufhin entschloss sich Ferdinand der Legión de la Libertad beizutreten. Ich habe mich einen Monat später der

Gruppe angeschlossen«, erzählte Juan.

Pepe war schockiert. Er hatte zwar einen Bericht über diesen Vorfall gelesen, aber Informationen aus erster Reihe hatte er noch nicht erfahren können.

»Das ist ja fürchterlich!«, sagte Pepe fassungslos. »Die Legión de la Libertad benutzt niemals Waffen?«, fragte er grüblerisch.

»Nein, niemals. Das muss dir doch eigentlich bekannt sein! Wir kämpfen für die Freiheit, indem wir versuchen die Menschen aufzuklären. Das geschieht in Berichten über das Internet. Wir bekämpfen die Behörden, indem wir ihre Computeranlagen angreifen und versuchen sie zu manipulieren. Wir geben Auswanderern die Möglichkeit in einem Land außerhalb der VEU ihr Leben zu führen«, erklärte Juan. »Aber wir benutzen niemals, aber auch niemals, eine Waffe.«

Pepe sah nachdenklich aus. Er hatte mit allem gerechnet, aber der Bericht von Juan entrüstete ihn.

Die kleine Gruppe marschierte den schmalen Weg entlang, genoss die wundervolle Aussicht und kam der Siedlung Cain immer näher.

Ferdinand Victor Delacroix fuhr vorsichtig die Piste nach Poncebos. Die halbe Strecke hatte er geschafft. *Was für ein Tag. Ich bin froh, wenn ich Poncebos erreicht habe. Dann werde ich mir ein Glas Wein und Tapas genehmigen,* überlegte sich Ferdinand. Er betrachtete sich die Gegend. *Es ist wunderschön hier. Wunderschön. Der richtige Ort um ein Lied zu singen.* Ferdinand dachte kurz nach und fing an zu singen.

Mein lieber Freund und Kupferstecher,
mein lieber Freund bist du.
Gib Acht auf deine Freiheit,
sonst ist diese weg im Nu.
Wir kämpfen für unsere Freiheit,
und wo bist du?
Mein lieber Freund ...

Ferdinand wurde aus seinem Lied herausgerissen, als vor ihm ein Hubschrauber auftauchte, über ihn hinwegfegte und in der Ferne drehte.

»Wir haben sie gefunden, Herr Amato«, drang eine Stimme durch die Telefonanlage der Limousine.

»Sehr gut. Sehr gut. Bleiben Sie dran, und unternehmen Sie nichts! Diesmal bekommen wir die verfluchten Hunde. Sie haben keine Möglichkeit zu entkommen. Wir warten am Ende der Piste auf sie. Wir sind jetzt in Arenas de Cabrales«, antwortet Amato, »und keine Schießerei! Ich will sie lebend! Haben Sie mich verstanden? Lebend! Und behüte Sie Gott, wenn Sie auch nur eine einzige Kugel auf den Wagen abfeuern!«, schrie Amato in das Telefon. Sein Kollege Gazzara wunderte sich über Amatos Reaktion, ließ sich aber nichts anmerken.

Ein Hubschrauber der BÜTAS. Verflucht!, dachte Ferdinand und fuhr schneller. Er lenkte den Wagen gewandt die schmale Piste entlang. *Ich habe keine Chance mehr. Ich werde nicht entkommen,* dachte Ferdinand und fluchte abermals.

Der Hubschrauber flog über dem Wagen und folgte ihm. »Fahren Sie langsam! Sie können uns nicht entkommen. Am Ende der Piste wartet man auf Sie«, erklang eine kräftige Stimme aus einem Lautsprecher.

»Ihr verdammten Hunde. Eines Tages bekommt Ihr euer Fett ab«, schimpfte Ferdinand und fuchtelte mit der linken Hand aus dem offenen Fenster. Der Hubschraube flog davon, denn der Pilot dachte, Ferdinand würde mit einer Waffe auf sie zielen.

»Er hat eine Waffe, Sir. Vermutlich eine Pistole. Erwarte neue Anweisungen«, kam es aus dem Lautsprecher des Autotelefons.

»Klar! Und mit dieser Pistole schießt er Ihren schusssicheren Hubschrauber ab. Verflucht! Ich will diese Terroristen lebend haben. Ist das klar! Überwachen Sie den Wagen weiter und greifen Sie nicht ein!«, sagte Amato laut und wütend. *Was für hirnverbrannte, schießwütige Kollegen es doch gibt,* dachte Amato und ärgerte sich darüber.

Der Hubschrauber drehte und kam auf Ferdinands Wagen zugeflogen. *Er wird schießen,* ging es Ferdinand durch den Kopf. Als der Hubschrauber über ihn hinweg flog, atmete Ferdinand auf.

»Schießen dürfen wir nicht, aber dass wir sie nicht erschrecken sollen, davon hat Amato nichts gesagt«, grinste der Pilot, und sein Copilot nickte.

Ferdinand fuhr viel zu schnell für die schmale, holprige Piste, und er war nervös. Immer wieder drehte er sich nach dem Hubschrauber um. Der Hubschrauber kam. Schnell näherte er sich Ferdinands Wagen.

Plötzlich, eine große Kuhle in der Piste, ein verrissenes Lenkrad, ein Lenkmanöver, und ein kurzer Aufschrei von Ferdinand. Dann passierte alles blitzschnell. Der Wagen kam von der Piste ab und raste die Böschung hinunter. Viele Steine und trockene Grasbüschel befanden sich auf der Böschung. Der Wagen kam ins Trudeln, drehte sich und verlor das Gleichgewicht.

»Mist!«, fluchte der Pilot. »Darüber wird Amato nicht gerade erfreut sein«, sagte er zu seinem Copiloten, als der Wagen die Böschung hinabsauste.

Der Wagen überschlug sich, erreichte die Kante der Böschung und fiel zehn Meter in die Tiefe. Es gab einen lauten Knall, und ein Haufen Schrott lag in der Schlucht. Der Pilot fluchte wieder und versuchte Amato zu erreichen. Amato meldete sich.

»Der Wagen ist gerade eine Böschung hinabgefahren und in eine Schlucht gestürzt«, gab der Pilot durch.

»Sieht es schlimm aus? Gibt es Überlebende?«, fragte Amato beherrscht, aber am liebsten wäre er dem Piloten an die Gurgel gesprungen.

»Schwer zu sagen. Der Wagen ist ungefähr zehn Meter in die Tiefe gestürzt. Er ist zumindest nicht in Brand geraten«, sagte der Pilot und gab die Position des Unfalls durch.

»Wie kommen wir an den Unfallort heran? Können Sie mit dem Hubschrauber dort landen?«, fragte Amato den Piloten, der schon dabei war die Gegend abzufliegen.

»Landen können wir nicht, das ist zu gefährlich«, antwortete der Pilot.

Die Schlucht war eng und spärlich mit Bäumen bewachsen. Außerdem brachte die Luftzirkulation Probleme mit sich.

»Dort führt ein schmaler Fußweg hinab«, sagte der Copilot, und der Pilot gab sofort die Information an Amato weiter. Der kleine Fußweg befand sich etwa zwei Kilometer vom Unfallort entfernt. *Wenigstens haben wir etwas Glück. Hoffentlich hat es noch Überlebende gegeben*, dachte Amato und orderte sofort drei Jeeps, zwei Ärzte mit Notausrüstung und drei Helfer. Amato und seine Kollegen dachten, dass sich die gesuchten Terroristen in dem Fahrzeug befanden. Niemand wunderte sich im Moment, dass der Wagen in Richtung Poncebos unterwegs war.

★

Die Sonne brannte, und in Cain, in der Nähe des Fußweges, wartete ein Mini-Van auf die Ankunft von Juan und der kleinen Gruppe. Der Van parkte direkt neben dem kleinen Transporter. Die Tür des Vans öffnete sich, und eine Frau stieg aus. Sie war Anfang 30, etwa 1,60 Meter groß, hatte kurze, schwarze Haare und war ein wenig pummelig. Sie trug eine schmale Brille. Immer wieder schaute sie auf ihre Armbanduhr. *Eigentlich müssen sie jeden Moment ankommen,* dachte sie und griff nach einer Wasserflasche, die sich in der Ablage an der Seitentür des Vans befand. Hastig öffnete sie die Flasche und nahm einen großen Schluck Wasser zu sich. *Das tut gut. Wo bleiben sie nur?* Gerade, als sie wieder an ihre Kameraden dachte, sah sie einen Esel und fünf Personen, die zielstrebig auf sie zukamen.

»Artemis«, rief Juan und winkte zur Begrüßung. Artemis winkte zurück und lief Juan und seinen Begleitern entgegen.

»Hab mir schon Sorgen gemacht«, sagte Artemis mit einer etwas rauen Stimme. »Wo ist Ferdinand?«, fragte sie besorgt.

»Wir mussten unseren Plan ein wenig ändern. Ferdinand beseitigt gerade unseren Wagen«, antwortete Juan.

Artemis strahlte und begrüßte Loreena, Nisha und Richard. Juan machte Pepe mit Artemis bekannt.

»Artemis, hört sich griechisch an?«, fragte Pepe.

»Mein Name stammt von Artemisia ab. Den gibt es im Griechischen und im Italienischen«, antwortete Artemis.

Pepe schien es gut zu gehen. Trotz seiner Schussverletzung redete er sehr viel. Pepe erfuhr, dass der Name Artemisia in der griechischen Sage die Tochter des Zeus und Göttin der Jagd war, und in Italien gab es eine Frau mit dem Namen Artemisia Gentileschi. Sie war im 16. Jahrhundert eine berühmte Malerin gewesen. Sie stand in der Nachfolge Caravaggios und schuf mit den Mitteln der Hell-Dunkel-Malerei leidenschaftliche, stark naturalistische Darstellungen.

»Kommt, beeilen wir uns!«, sagte Artemis, ging auf den Van zu und öffnete die Türen.

»Was ist denn los?«, fragte Juan besorgt.

»Wir haben den Plan geändert. Morgen fahren wir nach Bilbao und holen unsere Fracht ab«, antwortete Artemis rasch.

Der Esel wurde im Laderaum des kleinen Transporters verstaut.

Richard setzte sich ans Steuer des Transporters, und Pepe kam auf den Beifahrersitz. Die anderen stiegen in den Van ein. Richard startete den Wagen und fuhr los. Artemis folgte ihm. Langsam fuhren sie die sehr schmale und kurvige Straße nach Posada de Valdeón zurück.

Als die Fahrzeuge Posada de Valdeón passierten, schlief Pepe tief und fest. Der Ort hatte sich in den letzten Jahren nicht verändert. Noch immer war die Einwohnerzahl weit unter 1.000 geblieben. Der Ort bildete eine Art lokales Versorgungszentrum im Süden der Picos de Europa. Richard fuhr zu einer Apotheke, die sich in dem Bergdorf befand. Hier musste er einige Medikamente und Spritzen abholen, die er für die weitere Versorgung für Pepes Wunden benötigte. Der Apotheker, ein älterer Mann, kannte Richard schon längere Zeit. Er gehörte auch der Legión de la Libertad an. Der Apotheker übergab Richard die geforderten Medikamente und verabschiedete sich von ihm.

»Komm bald mal wieder vorbei«, sagte der Apotheker.

»Mach ich. Wir können übermorgen zusammen ein Glas Wein trinken gehen«, sagte Richard, und der Apotheker freute sich darüber. »Also dann, bis übermorgen«, verabschiedete sich Richard.

Richard brauchte nicht lange, und die beiden Fahrzeuge setzten sich wieder in Bewegung. Sie verließen den Ort auf einer wenig befahrenen Straße in Richtung Portilla de la Reina. Nach einigen Kilometern zweigte rechts eine unscheinbare Piste ab. Richard lenkte den Wagen auf die Piste und fuhr langsam weiter. Sie durchquerten eine imposante Felsschlucht. Mittlerweile war Pepe wieder aufgewacht und schaute sich die wunderbare Gegend aufmerksam an. Hier war er noch nie gewesen.

»Das ist großartig«, staunte Pepe.

»Dann kennst du diese Station der Legión noch nicht?«, fragte Richard.

»Nein«, antwortete Pepe knapp und sah zum Fenster hinaus.

»Dann wirst du staunen. Es ist einer der größten unterirdischen Stationen der Legión de la Libertad. Von hier aus koordinieren wir unsere Aktionen«, sagte Richard stolz.

»Das ist schön zu hören«, sagte Pepe betrübt.

»Was hast du?«, wollte Richard wissen. Er merkte, dass Pepe etwas bedrückte.

»Nichts. Es ist nichts«, antwortete Pepe und starrte immer noch zum Fenster hinaus. Er war mit seinen Gedanken irgendwo anders. Langsam fuhren die Wagen durch die Felsschlucht. Dann bogen sie links ab und fuhren eine Piste entlang, die durch einsame Landschaften führte. Die Piste verlief in Windungen hinab in einen einsamen, traditionellen Weiler.

»Wir sind am Ziel«, sagte Richard und lächelte Pepe an.

Hier irgendwo im Niemandsland, durch einen einsamen Weiler getarnt, lag einer der größten Stationen der Legión de la Libertad. Hier verirrte sich nur selten jemand hin. Der Weiler lag außerdem außerhalb der üblichen Wanderrouten für die Touristen. Die Fahrzeuge näherten sich der kleinen Siedlung, die aus nur wenigen Häusern bestand. Als die Fahrzeuge vor einem kleinen Haus anhielten, kam sofort eine ältere Frau aus der Haustür gelaufen. Juan und seine Begleitung wurden freundlich begrüßt. Richard und Loreena halfen Pepe beim Aussteigen. Pepe staunte über die Lage der Station. Sie lag einsam, und doch war sie gut mit einem Fahrzeug zu erreichen. Von außen deutete nichts darauf hin, dass hier eine Terrororganisation Unterschlupf gefunden hatte. Die Gruppe ging auf ein etwas größeres, altes Steinhaus zu. Neben dem alten Steinhaus befand sich eine kleine Hütte, die vermutlich früher für das Einlagern von Holz oder Vorräten gedient hatte. Die Gruppe ging zielstrebig weiter. Die ältere Frau öffnete die Eingangstür des Steinhauses, und die Gruppe verschwand im Haus. Pepe staunte wieder. Hier drinnen war alles sehr gepflegt. Das Haus besaß drei Zimmer. Sie standen gerade im Wohnbereich. Rechts zweigte eine Tür zur Küche ab, und links befand sich ein kleiner Schlafraum. Pepe war angetan von der modernen Einrichtung. Hier fehlte es an nichts. Es gab eine gemütliche Sitzecke. Wundervolle Landschaftsbilder schmückten die Wände des Wohnbereiches. Ein großer Folienfernseher war an der Wand angebracht, und eine dezente Beleuchtung erhellte den Raum. Die Tür zur Küche stand offen, und Pepe wagte einen Blick hinein. *Wow, alles vom Feinsten*, dachte er, als er einen Teil der Küche sah.

»Folgt mir!«, sagte die ältere Frau, und ihr faltiges Gesicht lächelte Pepe an. Man sah ihr an, dass sie schon einiges im Leben durchgestanden hatte. Aber trotz der Falten und ihrer silbernen Haare, strahlte sie etwas jugendliches aus. Das mochte vielleicht an ihrer modernen Kleidung liegen. Pepe fand die Frau auf Anhieb sympathisch. Die Gruppe betrat den kleinen Schlafraum. Er war spärlich eingerichtet, trotzdem sah er sehr hübsch aus. Die Wände waren aus Naturstein, und der Boden aus dunklem Marmor. Die

Frau betätigte ein Folienfeld eines kleinen, flachen Gerätes, das sie aus ihrer Hosentasche genommen hatte. Der Kleiderschrank, der frontal ihnen gegenüberstand, bewegte sich ein Stück nach vorne.

»Willkommen zu Hause«, sagte die Frau zur Gruppe und verschwand hinter dem Schrank. Juan und Nisha folgten ihr. Anschließend verschwanden Richard, Pepe und Loreena hinter dem Schrank, gingen durch eine mit Naturstein getarnte Stahltür und betraten das Herzstück der Station. Es führte eine Steintreppe hinunter, wo sich die unterirdischen Räumlichkeiten befanden. Unter der gesamten Siedlung verteilte sich die Station der Legión de la Libertad. Die Station bestand aus mehreren Räumen, die mit modernster Computertechnik ausgestattet waren. Die Gruppe betrat einen Großraum mit 20 Arbeitsplätzen. Zu jedem Arbeitsplatz gehörte ein Computer. Pepe schaute sich aufmerksam um. Richard führte ihn in einen kleineren Raum, der als Krankenstation diente. Loreena begleitete sie. Die Krankenstation war ebenfalls mit modernster Technik ausgestattet. Richard fing sofort an, Pepes Wunden zu versorgen. Der Arzt wunderte sich immer noch über Pepes großes Glück, bei der Schussverletzung.

Währenddessen gingen Nisha und Juan zu El Matador, dem Anführer dieser Station. Er hatte ein kleines, nett eingerichtetes Büro. El Matador war ein Bär von einem Mann. Er war groß, strotzte vor Kraft, und er hatte einen draufgängerischen Gesichtsausdruck.

»Hola, Coco Loco. Du siehst wie immer hinreißend aus. Hola, Hack-Man«, begrüßte El Matador seine Landsleute. »Du siehst natürlich auch hinreißend aus«, fügte er hinzu, sah Juan dabei an und schmunzelte.

»Ich habe gehört, dass sich der Plan geändert hat«, sagte Nisha.

»Ihr fahrt morgen nach Bilbao und bringt die Auswanderer auf dem Landweg nach La Rochelle in Frankreich!«, sagte El Matador und sah in die erstaunten Gesichter seiner Freunde.

»Nach Frankreich?«, fragte Nisha verstört. »Ich dachte, wir sollten sie nach La Coruña in Galicien bringen.«

»Unser Plan hat sich geändert, weil wir irgendwo eine undichte Stelle haben. Die Europe-Agents haben Wind von unserer Mission bekommen. Die Daten von der BÜTAS konnten wir noch nicht alle auswerten, weil sie verschlüsselt sind. Einige haben wir knacken können«, sagte El Matador besorgt, »und deswegen haben wir unseren Plan geändert. Kommt mit mir!«, sagte er, ging in das

Großraumbüro und setzte sich an einen leeren Arbeitsplatz.

»Hast du immer noch keinen Computer in deinem Büro?«, fragte Nisha und war auf die Antwort gespannt.

»Doch ich habe einen Laptop, aber er wird gerade repariert, und solange benutze ich diesen Arbeitsplatz«, antwortet El Matador.

»Seht her! Wir haben von der BÜTAS Datenbank einige interessante Daten kopiert. Unsere Auswanderer stehen mit Warnstufe 1 ganz oben auf der Überwachungsliste, und wir haben herausgefunden, dass in La Coruña die Festnahme geplant ist«, erklärte El Matador, und seine Stimme klang bedenklich.

»Das sind keine guten Neuigkeiten«, warf Juan ein.

»Genau aus diesem Grund haben wir unseren Plan geändert. Und aus Sicherheitsgründen sind nur fünf Personen eingeweiht worden. Ihr, ich, Ferdinand Victor Delacroix und Artemis«, gab El Matador von sich.

»Meinst du, wir haben in unserer Organisation einen Verräter sitzen?«, fragte Nisha besorgt.

»Wer weiß! Mit Bestimmtheit kann ich es dir nicht sagen, aber ich denke schon«, gab El Matador von sich, und Nisha fluchte.

»Besprechen wir jetzt unsere Mission. In Bilbao werdet ihr unseren Kontaktmann Abdul Asis treffen. Er wird euch zu den Flüchtlingen führen, und er besorgt euch einen Wagen, der sauber ist, das heißt ohne GPS oder anderen technischen Murks. Von Bilbao aus fahrt ihr in Richtung San Sebastian, bei Irun passiert ihr die Grenze nach Frankreich. Von dort fahrt ihr die Landstraße nach Bordeaux. Wenn ihr Bordeaux passiert habt, fahrt ihr wieder über die Landstraße nach La Rochelle«, erklärte El Matador, und Nisha unterbrach ihn.

»Die ganze Strecke durchfahren? Das ist viel zu weit, wenn wir überwiegend die Landstraße benutzen sollen.«

»Deswegen übernachtet ihr in Labouheyre. Dort gibt es eine Herberge. Der Besitzer ist ein Anhänger unserer Organisation ...«

»Also, weiß doch noch jemand von unserem neuen Plan«, unterbrach Juan das Gespräch.

»Ja, aber der Besitzer der Herberge ist ein Gründungsmitglied der Legión de la Libertad, und ich glaube kaum, dass er zu den Verdächtigen gehört, die unsere Organisation verraten würden«, erklärte El Matador und besprach noch einige Einzelheiten mit Juan und Nisha für den morgigen Einsatz. Nachdem El Matador alles gesagt hatte, was er glaubte sagen zu müssen, verabschiedete er sich von Juan und Nisha und ging in sein Büro zurück. Er schloss die Tür hinter sich, setzte sich auf einen Stuhl, lehnte sich zurück und dachte nach. Er ging nochmals alle Einzelheiten durch. Einen Fehler wollte er sich nicht leisten und damit das Leben seiner Leute riskieren. Ihm war bewusst, dass die Europe-Agents gesetzlich abgesichert waren, um jeden der Legión töten zu dürfen. Egal ob einer von ihnen eine Schusswaffe trug oder nicht. Sie waren laut Gesetz ein Haufen Terroristen und zum Abschuss freigegeben. *Was ist nur aus der Welt geworden? Es ist Unrecht, was geschieht, aber daran können wir nichts mehr ändern. Die Sonderbehörden haben mit den Jahren zu viel an Macht gewonnen. Sie dürfen die Grundgesetze übergehen und alles erdenkliche unternehmen, um das Volk zu schützen. Angeblich zu schützen, aber nur wenige Menschen erkennen den wahren Grund. Der Staat will die Kontrolle über die Bevölkerung erhalten. Es gibt schon lange keine Freiheit mehr in diesem Staat. Ist es richtig, dass ein Mensch zum Abschuss freigegeben wird? Die Ethik, sie geht verloren. Hat der Mensch sich über die Jahrhunderte immer noch nicht weiterentwickelt? Leben wir immer noch nach dem alten Rechtssatz – Auge um Auge, Zahn um Zahn – ?,* aber so sehr sich El Matador in seinen Gedanken vertiefte, er konnte an der neuen Ordnung nichts mehr ändern, aber er konnte vielen Menschen die Freiheit geben, und das war etwas, wofür es sich zu kämpfen lohnte.

Nisha und Juan saßen noch am Computer und diskutierten über ihren Einsatz.

»Wir haben Glück, dass es heutzutage noch Fahrzeuge ohne GPS-Sender zu kaufen gibt«, sagte Nisha.

»Noch! Aber ab dem Jahr 2020 darf kein Fahrzeug ohne GPS-Sender auf den Straßen verkehren. Ein entsprechendes Gesetz ist in Vorbereitung. Jedes Fahrzeug wird dann überall in der Welt zu orten sein. Und durch die zunehmende Datenverknüpfungen wird uns eine düstere Zukunft bevorstehen«, unerfreulich klang die Stimme von Juan, als er Nisha die Neuigkeiten erzählte.

»Davon habe ich auch schon gehört. Das ist eine schlimme Sache. Niemand kann sich mehr anonym im Straßenverkehr fortbewegen«, Nishas Stimme klang ebenfalls verärgert.

»Lasst uns ein bisschen Unruhe schaffen«, grinste Nisha, »und Kontakt mit München aufnehmen!«

Juan grinste zurück. Er wusste, woran Nisha dachte.

»Come on!«, sagte Juan, nahm die Folientastatur und legte los. Juan alias Hack-Man machte seinem Namen alle Ehre. Er startete ein E-Mail-Programm, das mit seinem programmierten Hackana-lyser gekoppelt war. Damit war es dem Feind nur schwer möglich, E-Mails zu lokalisieren, abzufangen und zu entschlüsseln.

»So, gehen wir mal den Weg über die Bahamas nach Indonesien und dann nach München. Unsere Europe-Agents werden gleich alle Hände voll zu tun bekommen«, grinsend sah er Nisha alias Coco Loco an. Die E-Mail war an Maria Seifert aus Deutschland gerichtet, eine gute Freundin von Nisha. Maria war bei der Legión de la Libertad in München tätig. Sie hatte eine zottelige Frisur, war klein, dick und hatte eine kleine Narbe auf dem Kinn.

> *Hola Maria,*
> *Wie geht es Dir?*
> *Mir und Nisha geht es gut. Nisha will ein wenig spielen.*
> *Hast du Lust?*
> *Uns waren die Europe-Agents auf den Fersen, aber wir*
> *haben sie abgehängt, und ...*

Juan berichtete von der Verfolgung durch die Europe-Agents, dann übergab er Nisha die Tastatur. Nisha las die E-Mail, die gerade von Maria angekommen war.

> *Hola Coco Loco, Hola Juan,*
> *Freue mich von Euch zu hören. Bei uns ist alles in*
> *Ordnung. Wir haben gestern hundert Auswanderer über*
> *die Grenze geschafft. Das war ein riesen Erfolg.*
> *Okay, lasst uns die Agents aufmischen!*
> *Dann mal los, Coco Loco.*

Die beiden Frauen legten begierig los. Der Hackanalyser wurde deaktiviert, und das Revolution-Programm wurde gestartet. Nun konnten die E-Mails von der BÜTAS abgefangen werden, aber der Absender bzw. der Empfänger konnte nicht lokalisiert werden.

> *Hallo Gabor,*
> *wir haben die Bomben in Berlin deponiert. Wann sollen*
> *wir sie hochgehen lassen?*

Maria drückte auf *Senden*, und die E-Mail raste durch das Netzwerk zu seinem Empfänger.

Hallo Tahir,
jetzt wird's schlimm,
die Bombe tickt,
und sie wird geschickt!
Viva la revolución!

Antwortete Coco Loco auf die E-Mail von Maria. Die E-Mails wurden von dem Überwachungscomputer der Behörde entdeckt, lokalisiert und in die Datenbank kopiert. Alles geschah, wie es geschehen musste.

Hallo Gabor,
bis später. Ich schalte jetzt sicherheitshalber aus.
Grüße alle von mir
Tahir

Coco Loco las die E-Mail, trennte die Verbindung zum Internet und freute sich schon auf die blöden Gesichter der Europe-Agents, wenn sie die E-Mails öffnen würden.

»Ihr beiden seid wirklich verrückt, Nisha, aber das liebe ich an euch«, sagte Juan und lachte laut.

★

»Wir haben einen Code Red 1. Eine Bombe ist in Berlin deponiert worden«, schrie ein Mitarbeiter der BÜTAS durch das Büro, und sofort wurde alles erdenkliche getan, um die Täter zu entlarven. Die beiden verdächtigen E-Mails wurden, nachdem sie auf einen Virus geprüft worden waren, aus der Datenbank aufgerufen, um sie näher zu untersuchen.

»Okay, lass uns mal sehen, was wir haben«, sagte ein junger Agent zu seinem Kollegen und las die E-Mails von Maria und Nisha. Vier Agents starrten auf den Bildschirm und verfolgten die Nachricht. Plötzlich öffnete sich ein Bild, worauf eine Kokosnuss zu sehen war.

»Scheiße! Verdammt!«, schrie einer der Agents. »Schließ sofort die E-Mails und fahr den Computer herunter! Schnell!«

Aber es war zu spät. Nishas E-Mail leistete ihre Dienste. Nisha und Juan hatten ein neues Virus programmiert, das unbemerkt über E-Mails versendet werden konnte. Der Empfänger bemerkte den Virus erst, wenn es zu spät war.

Die Kokosnuss löste sich langsam auf dem Bildschirm auf, und ein Totenkopf erschien. Jetzt wurde der Virus aktiv. In Sekunden verbreitete er sich über das Netzwerk der BÜTAS. Die Computer konnten nicht mehr heruntergefahren werden, und der Virus fing an, die Festplatten zu löschen. Der Agent versuchte den Virus aufzuhalten, indem er die E-Mails von Nisha und Maria löschte, aber damit konnte man den Virus nicht mehr stoppen. Einer der Agents griff zum Telefon und rief sofort in der IT-Zentrale an. Dort wurden sofort fünf Ingenieure aktiv und arbeiteten auf Hochtouren, um den Virus zu lokalisieren. Der Virus hatte mittlerweile die Server erreicht. Die Ingenieure fluchten, sie schienen machtlos gegen den Virus zu sein. Daten verschwanden vom Server. Gespeicherte E-Mails von überwachten Personen, wurden an die Nachrichtenagenturen des Landes versendet und dann von der Datenbank gelöscht. Der Virus wütete auf der Rechneranlage der BÜTAS wie ein wilder Stier in der Arena. Der Schaden der entstand, war unbeschreiblich hoch, ebenso war das Image in der Öffentlichkeit geschädigt worden. Irgendeine Geschichte würde der BÜTAS schon einfallen, um den Kopf aus der Schlinge zu ziehen, aber dafür musste eine Menge Öffentlichkeitsarbeit geleistet werden, und das war es, was Nisha und Maria mit ihrer Aktion beabsichtigten. Die Ingenieure veranlassten, dass die Sicherungen von Server und Computer abgeschaltet wurden. Kurz bevor alle Bildschirme schwarz wurden, tauchte noch in großen, fetten Buchstaben **Viva la revolución** auf. Dann hatte niemand mehr einen funktionsfähigen Computer an seinem Arbeitsplatz stehen.

»Verflucht!«, schrie der Agent. »Die Kokosnuss. Das war wieder Coco Loco.«

»Wer ist Coco Loco?«, fragte ihn der junge Agent, der an der Tastatur saß und noch nicht lange bei der Behörde arbeitete.

»Du kennst Coco Loco noch nicht?«, fragte er zurück.

»Er ist frisch von der Akademie und heute die erste Woche bei uns«, sagte ein anderer Kollege.

»Frisch von der Akademie? Dann wird es Zeit, dass man auf der Akademie auch etwas über das wahre Leben erfährt und über Coco Loco. Sie macht uns ab und zu die Hölle heiß, wie du eben gesehen hast«, erklärte der Agent laut. »Aber trotz alledem, sie muss eine tolle Frau sein. Nicht wahr?«, schwärmte der Agent, da er wusste, wer die IT-Anlage der BÜTAS manipulieren konnte, musste es faustdick hinter den Ohren haben.

»Eine Frau? Woher wissen ...«

»Soviel haben wir schon herausgefunden, aber wer genau sich hinter dem Namen verbirgt, wissen wir noch nicht«, unterbrach der Agent, wandte dem jungen Kollegen den Rücken zu und ging fort. *Coco Loco, eines Tages stehen wir uns gegenüber, dann lege ich dir persönlich die Handschellen an,* dachte er und machte sich auf den Weg zu seinem Vorgesetzten.

★

Nisha, Juan und Maria jubelten, als sie nach kurzer Zeit eine Antwort per E-Mail erhielten.

Infektion gestartet. Viva la Legión de la Libertad!

Nisha hatte in dem Virus eine E-Mail eingebaut, die zu ihr und Maria gesendet werden sollte, wenn der Virus aktiv geworden war. Das war ein Riesenerfolg für die Legión de la Libertad gewesen, denn Nisha und ihre Freunde wussten, dass die Aufräumungsarbeiten bei der BÜTAS einige Zeit in Anspruch nehmen würden, und falls einige E-Mails an die Öffentlichkeit gegangen waren, musste man sich eine Rechtfertigung einfallen lassen. Ganz verloren waren die Daten nicht, die bei der BÜTAS gelöscht wurden. Mit Sicherheit existierten Backups, die einen derartigen Ausfall wieder beheben konnten, aber es würde seine Zeit dauern.

Juan und Nisha saßen immer noch vor dem Computer. Nisha hatte eine neue Idee für einen Virus und Hack-Man, das Computergenie, half ihr dabei, ihre Ideen zu verwirklichen. Er freute sich immer wieder, über Nishas neue Ideen. Es war stets eine Herausforderung an sein Können.

»Die Gesichter der Agents hätte ich gerne gesehen, als unser Virus loslegte und ihre Systeme infizierte«, lächelte Nisha.

»Vielleicht ist das beim nächsten Mal möglich. Ich arbeite daran«, ließ Juan ab. Nisha wurde hellhörig.

»Wie denn?«, fragte sie neugierig.

»Lass dich überraschen! Ich gebe dir einen Hinweis.« Nisha lauschte auf die Antwort von Juan. »Webcam!«

»Das ist genial«, sagte Nisha und war gespannt, wie es Juan anstellen wollte, die Webcams von den Computeranlagen der BÜTAS zu manipulieren.

»Morgen haben wir einen anstrengenden Tag vor uns. Ich glaube in einer Stunde leg ich mich schlafen«, sagte Nisha und gähnte.

»Ich auch«, gab Juan von sich. »Ich auch«, wiederholte er und gähnte ebenfalls. Aber noch waren sie dabei einen neuen Virus zu programmieren.

El Matador verließ sein Büro. Er sah ziemlich niedergeschlagen aus. Er ging zu Juan und Nisha und setzte sich neben Nisha auf einen freien Stuhl.

»Willst du uns helfen?«, scherzte Nisha.

El Matador grinste. »Lieber nicht. Bei meinem Talent haben wir morgen die Europe-Agents vor unserer Tür stehen, das wollen wir doch nicht, oder?«

Nisha sah El Matador an und wusste, dass er etwas auf dem Herzen hatte.

»Was ist los?«, fragte Nisha.

El Matador machte es spannend, aber er hatte schließlich keine erfreuliche Nachricht zu überbringen.

»Ich habe eben eine Meldung hereinbekommen. Ferdinand hatte einen Unfall gehabt. Er ist mit dem Wagen einen Abhang heruntergefahren.« Nisha wurde blass, als sie die Neuigkeit hörte. Juan war ebenfalls erschüttert.

»Ist er tot?«, fragte Nisha vorsichtig.

»Darüber habe ich noch keine Informationen erhalten. Ferdinand wurde von den Agents verfolgt, und sie haben ihn mit einem Hubschrauber von der Piste abgedrängt. Das ist im Moment alles, was ich euch darüber sagen kann.«

»Diese verfluchten Agents. Manchmal wünsche ich mir, dass wir Waffen einsetzen würden«, sagte Juan.

El Matador sah nachdenklich aus. »Das würde gegen unser Prinzip verstoßen. Wir benutzen keine Waffen, und das wird auch in Zukunft so sein. Außerdem sind Waffen und Gewalt keine Lösung. Denn durch deren Einsatz würde nur noch mehr Gewalt und Hass entstehen, und das gehört nicht zu unserer Mission. Wir sind keine Terrororganisation.«

Juan nickte. Er sah ein, dass er hitzköpfig geantwortet hatte.

»Was willst du unternehmen?«, fragte Nisha.

»Im Moment kann ich nur abwarten. Ich will hoffen, dass Ferdinand den Unfall überlebt hat, dann sehen wir weiter«, antwortete El Matador und stand auf. Er verabschiedete sich und ging zu seinem Büro zurück. Nach ein paar Schritten drehte er sich kurz um. »Euer Einsatz findet morgen trotzdem statt. Ruht euch noch ein wenig aus!« Dann verschwand El Matador in seinem Büro und wartete angespannt auf eine neue Nachricht über den Zustand von Ferdinand.

Juan und Nisha waren zu aufgebracht. Sie konnten sich nicht mehr auf die Arbeit konzentrieren, und schlafen gehen wollten sie noch nicht. Juan und Nisha beschlossen auf ein Bier bei Richard vorbeizugehen. Richard hatte immer etwas vorrätig. Er freute sich, als die beiden bei ihm vorbeikamen. Juan, Nisha und Richard saßen zusammen, tranken ein gutes spanisches Bier und diskutierten eine Stunde über alle möglichen Themen und natürlich auch über Ferdinands Unfall, bevor sie zu Bett gingen.

Future-News:

Heute, auf einer schmalen Piste zwischen Poncebos und der kleinen Siedlung Cain wurde ein Terrorist von der Terrororganisation Legión de la Libertad gestellt. Bei der Verfolgungsjagd kam der Wagen des Terroristen von der Piste ab und stürzte über eine Böschung in eine Schlucht. Der Mann ist schwerverletzt. Die Ärzte im Krankenhaus kämpfen im Augenblick um sein Leben.

6 Bürgerrechte

Boyles hatte am Morgen eine E-Mail von Will Freeman an Daniela Lopez abgefangen und wusste dadurch, wann Will zum Frühstück gehen wollte. Im Hotel gab es ein üppiges Frühstücksbuffet. Will saß fünf Tische von Boyles entfernt und hatte sich reichlich vom Buffet auf seinen Teller gepackt. Will genoss das Essen und wurde dabei von Boyles intensiv beobachtet. Boyles' Kollege Heester war immer noch nicht erschienen, obwohl Boyles ihm am Telefon mitgeteilt hatte, dass er zum Frühstück gehen wollte, um Will zu observieren.

Gerade betraten die Riskos den Frühstücksraum, mit denen sich Will gestern im Lokal unterhalten hatte. Sie grüßten Will freundlich und setzten sich neben ihn an einen freien Tisch. Wieder kamen sie ins Gespräch. Boyles saß zu weit weg, als dass er ein Wort von dem Gespräch hätte verstehen können.

»Guten Morgen«, hörte Boyles eine Stimme neben sich. Er blickte hoch und sah seinen Kollegen Heester, der sich gerade den Stuhl zurechtrückte, um sich hinzusetzen.

»Guten Morgen«, erwiderte Boyles. »Bist du nach unserem Telefonat wieder eingeschlafen?«

»Ja, ich bin wieder eingenickt. Die Nacht habe ich ziemlich schlecht geschlafen«, verteidigte sich Heester.

»Man sieht es dir an«, sagte Boyles trocken.

»Danke für die Blumen«, murrte Heester.

»Da drüben sitzt Freeman und am Tisch neben ihm sitzen die vier Riskos«, flüsterte Boyles seinem Kollegen zu.

»Ich bin dafür, dass wir die Gruppe festnehmen, und das war's. Der Job ist dann für uns erledigt«, sagte Heester verschlafen.

»Wir warten noch ab! Ich bin mir nicht sicher, ob Freeman schuldig ist«, sagte Boyles nachdenklich.

»Wie viele Beweise willst du denn noch sammeln?«, fragte Heester ärgerlich.

»Was für Beweise? Im Moment haben wir keine stichhaltigen Beweise vorliegen«, antwortete Boyles seinem Kollegen ärgerlich.

»Vier Riskos auf der Flucht und einen Kontaktmann. Was brauchst du denn noch an Beweisen?«, schimpfte Heester leise, als ein Angestellter des Hotels vorbeikam, verstummte Heester und schaute Boyles wortlos an.

»Geht das auch ein wenig leiser, oder willst du uns auffliegen lassen?« Schon am frühen Morgen ärgerte sich Boyles über seinen Kollegen. »Geh dir einen Kaffee holen!«

Heester stand auf, holte sich einen Kaffee und etwas zu Essen. Hunger hatte er an diesem Morgen kaum. Als Heester wieder am Platz saß, nahm er einen Schluck Kaffee zu sich. Nach drei Minuten fühlte er sich ein wenig besser.

»Die Riskos sind schuldig, da stimme ich dir zu. Aber bei Freeman bin ich mir nicht sicher. Wir warten noch ab, sammeln Daten über Freeman und beobachten die Riskos«, erklärte Boyles seinem Kollegen.

»Dann brauchen wir Verstärkung«, sagte Heester.

»Ich werde gleich welche anfordern. Ich kenne zwei Agents in Nordspanien. Sie sind ganz in Ordnung und von ihrem Wesen unkompliziert. Ich hoffe, dass sie im Augenblick nicht im Einsatz sind«, erklärte Boyles und wollte gleich nach dem Frühstück die Zentrale informieren.

»Kenne ich die Agents auch?«, fragte Heester.

»Einen Agent hast du mal kurz in Berlin gesehen. Sein Name ist Paul Amato. Er ist groß und ein wenig untersetzt. Sein Kollege heißt Stephen Gazzara. Ich glaube, den hast du noch nicht kennen gelernt. Er ist Amatos rechte Hand. Sie arbeiten seit sieben Jahren zusammen«, erklärte Boyles seinem Kollegen leise und nahm zwischendurch einen Schluck von seinem Kaffee zu sich.

»Okay, damit bin ich einverstanden, aber bei einem weiteren Verdacht nehmen wir die Riskos und Freeman fest«, sagte Heester nachdrücklich.

»Ich werde Freeman gleich weiter überprüfen, wenn du Lust hast ...«, Boyles kam gar nicht mehr dazu den Satz zu beenden.

»Das ist eine gute Idee«, gab Heester prompt von sich. »Sollen wir jetzt damit anfangen?«

»Nicht hier! Wir warten bis nach dem Frühstück«, sagte Boyles und biss in sein Brötchen.

Heester war ganz ungeduldig und ärgerte sich wieder, dass er kein Notepad dabei hatte.

»Hat Freeman eigentlich sein Handy bei sich?«, fragte Heester seinen Kollegen und biss ebenfalls in sein Brötchen.

»Ja«, sagte Boyles kurz, und mit einem breiten Lächeln sah er seinen Kollegen an. Heester lächelte zurück.

»Und?«, fragte er, obwohl er die Antwort von Boyles schon

kannte.

»Ich habe gestern Abend bei unserer Behörde nachgefragt. Sein Handy wird ebenfalls abgehört, und wir haben es im Hotel orten können«, flüsterte er leise. »Ich liebe die Technik und den Fortschritt. Heutzutage braucht man niemandem mehr eine Wanze unterzuschieben, fast jeder trägt freiwillig und unwissend eine bei sich«, sagte Boyles freudig.

»Wenn Freeman sein Handy immer bei sich trägt, davon gehe ich eigentlich aus, kann er uns nicht mehr entkommen. Heute Morgen hat er auf jeden Fall sein Handy mitgenommen. Ich habe es überprüfen lassen, bevor ich zum Frühstück gegangen bin«, erklärte Boyles.

»Und die Gruppe der Riskos, tragen sie auch Handys bei sich?«, fragte Heester schnell.

»Nein, leider nicht.«

»Freeman steht auf! Er verabschiedet sich gerade von seinen Genossen«, sagte Heester und trank an seinem Kaffee.

»Gut, dann wollen wir mal mit unserer Arbeit beginnen«, gab Boyles von sich, trank seinen Kaffee aus und erhob sich langsam von dem Stuhl. Heester trank ebenso seinen Kaffee aus und folgte Boyles. Will verließ den Frühstücksraum und eilte auf sein Zimmer. Er erwartete einen Anruf von der Firma. Eine Sekretärin wollte ihm mitteilen, wann das Meeting stattfinden sollte.

»Herr Freeman. Herr Freeman«, rief der Portier, als Will an der Rezeption vorbeikam.

»Gerade ist ein Anruf für sie hereingekommen. Sie waren nicht auf ihrem Zimmer, und eine Firma hat für sie eine Nachricht hinterlassen«, sagte der Portier und übergab Will einen Zettel. Boyles und Heester blieben abrupt stehen. *Hoffentlich fallen wir jetzt nicht auf*, dachte Boyles, als Will sich umdrehte und die Agents ansah. Will hielt einen kleinen Zettel in der Hand, auf dem stand, dass die Konferenz erst gegen 15:00 anfangen würde. Bei zwei Mitarbeitern, die erst heute Morgen anreisen wollten, hatte die Maschine Verspätung. Dadurch hatte Will noch jede Menge Zeit, die er nutzen wollte. Will ging an Boyles und Heester vorbei und beachtete sie nicht weiter. Warum sollte er auch? Will war in Nordspanien, um an einer Konferenz teilzunehmen. Er wusste zu diesem Zeitpunkt überhaupt nicht, dass er von Europe-Agents observiert wurde.

»Sollen wir den Portier vernehmen?«, fragte Heester, und Boyles überlegte.

»Nein, lieber nicht. Noch weiß Freeman nicht, wer wir sind, und so soll es auch bleiben. Wir beobachten ihn weiter«, Boyles Stimme klang erleichtert, weil Will die beiden Agents, ohne einen Blick zu würdigen, passiert hatte.

★

Juan und Nisha waren schon früh am Morgen aufgebrochen und fuhren gerade an Santander vorbei.

Pepe und Loreena Leyva waren im Lager zurückgeblieben. Pepe befand sich auf der Krankenstation, und Richard, der Arzt, wollte ihn für eine Woche bei sich behalten. Loreena war für die Mission nicht eingeteilt worden, worüber sie froh war. Sie wollte in Pepes Nähe bleiben.

»Santander würde ich mir gerne noch einmal ansehen. Ich war lange nicht mehr dort. Besonders schön finde ich die Gegend um den Playa de Biquinis und am Palacio Real«, schwärmte Nisha.

»Das ist wahrhaftig eine schöne Gegend«, sagte Juan und kam auch ins Schwärmen, als er sich an die riesige Parkanlage erinnerte, die sich um den Palacio Real herum befand. »Dort bin ich früher oft mit meinen Eltern spazieren gegangen, wenn ich so darüber nachdenke, ist es eine schöne Zeit gewesen.«

Nisha schaute aus dem Fenster und träumte mit offenen Augen.

»Einen schicken Wagen hat uns El Matador besorgt«, sagte Juan und lehnte sich genüsslich zurück, als er den Wagen, einen Audi Van, mit sieben Sitzplätzen, über die Autobahn lenkte. Es war kein Neuwagen, aber das musste es auch nicht sein. Er war ungefähr vier Jahre alt und verfügte über kein GPS oder ein ähnliches technisches Gerät, womit er aufgespürt werden konnte. Ein weiterer Vorteil in Nordspanien war es, dass die Autobahnen über kein Mautsystem verfügten und man sie somit immer noch frei von Gebühren und Kameras befahren konnte. Besonders dramatisch war die Situation in Deutschland. Sämtliche Autobahnen wurden mittels Kameras überwacht. Die Nummernschilder von allen Fahrzeugen wurden gefilmt, ausgewertet und in Datenbanken gespeichert. Gigantische Datenmengen entstanden, die aber auf Grund der enormen Entwicklung der Speichermedien kein Problem mehr waren.

»Um 13:00 treffen wir unseren Kontaktmann in Bilbao. Ob wir

pünktlich ankommen?« fragte Nisha, als sie aus ihrem Tagtraum aufwachte.

»Wir haben noch fast drei Stunden Zeit. Das dürfte kein Problem sein«, antwortete Juan.

»Drei Stunden?«, fragte Nisha und schaute auf ihre Uhr. »Ich habe eben eine falsche Uhrzeit abgelesen.«

»Wir treffen unseren Kontaktmann direkt im Foyer des Hotel Carlton am Plaza Federico Moyúa. Er wird uns zu den Auswanderern führen und uns weitere Instruktionen bezüglich der Route übergeben, aber ich denke, dass sich an der Route nichts mehr ändern wird«, erklärte Juan.

»Bei der Masse an Ausreisewilligen wird unsere Organisation bald zu klein werden. Wir brauchen unbedingt Verstärkung, sonst können wir unsere Aufgaben nicht mehr bewältigen«, sagte Nisha nachdenklich. »Es ist schon komisch wie sich die Zeiten geändert haben. Früher versuchten die Menschen ins goldene Europa einzureisen, und heute fliehen sie aus der Vereinten Europäischen Union.«

»Das ist wahr. Es gibt zwar noch einige Menschen aus den armen Ländern, die in die Vereinte Europäische Union einreisen, dass sind diejenigen, die nicht wissen, was sie hier erwartet«, sagte Juan bedenklich. Beide schwiegen für eine kurze Zeit und fuhren über die Autobahn in Richtung Bilbao.

Will befand sich in seinem Hotelzimmer und überlegte, was er jetzt machen sollte. *Ich könnte an unserem Buch weiterarbeiten. Oder soll ich mich noch etwas auf die Besprechung vorbereiten? Zuerst werde ich Daniela eine E-Mail schreiben. Ich vermisse sie sehr. Es wird Zeit, dass die blöde Besprechung anfängt, und ich anschließend nach Hause fliegen kann. Wie es aussieht, muss ich bestimmt heute nochmals übernachten. Den Flieger um 19:00 schaffe ich bestimmt nicht, wenn die Besprechung erst um 15:00 anfängt.* Will schnappte sich seinen Laptop, schaltete ihn ein und schrieb eine E-Mail an Daniela.

Liebe Daniela,
die Konferenz findet erst um 15:00 statt. Ich befürchte,
dass ich das Flugzeug um 19:00 nicht bekommen werde.
Wenn ich wieder zu Hause bin, lade ich dich zum Essen

ein. Überlege Dir schon einmal, wohin du gehen möchtest.

In Liebe Will

Inzwischen waren Boyles und Heester ebenfalls Online und hatten eine Verbindung zu ihrer Behörde und zu Wills Laptop aufgebaut. Boyles forderte Verstärkung an und war froh, als er eine Antwort von Amato persönlich erhielt. Amato und sein Kollege Gazzara wollten um 12:00 im Hotel eintreffen.

»Das nenne ich Glück. Amato und Gazzara kommen heute ins Hotel und bringen eine Einheit Agents mit«, freute sich Boyles.

»Hast du Freeman schon weiter durchleuchtet?« Heester war wie immer zu ungeduldig.

»Sachte mein Freund! Wir müssen uns einen Plan zusammenstellen, wie wir weiter vorgehen sollen. Aber zuerst schauen wir uns mal an, was unser Freund so treibt«, nach diesen Worten von Boyles sah man ein Strahlen in Heesters Gesicht.

Boyles betätigte sein Notepad und sah auf dem kleinen Monitor das Gesicht von Will und den Hintergrund des Hotelzimmers.

»Siehst du! Freeman ist Online und auf seinem Zimmer«, sagte Boyles, und Heester grinste. Boyles betätigte wieder sein Notepad, und Will verschwand von dem Display.

»Irgendetwas stört mich an Freeman. Es passt nicht alles reibungslos zusammen. Sein Job, seine Freunde, überhaupt alles«, gab Boyles von sich, tippte auf der kleinen Displaytastatur des Notepads herum und wartete ab.

»Ich denke er ist ein Terrorist. Er steht mit den Riskos in Verbindung. Sein Leben ist nur Tarnung«, wandte Heester ein.

Heester war zu sehr von Wills Schuld überzeugt, dass es schwer war, ihn vom Gegenteil zu überzeugen. Heester benahm sich nicht mehr neutral. Er suchte förmlich nach einem Grund, um Will zu verhaften, und sich zu rühmen, dass er im Recht gewesen war. Das Display blinkte auf und Daten wurden sichtbar.

»Was hast du für Daten abgerufen?«, fragte Heester erwartungsvoll und glotzte auf das Display des Notepads.

»Sehen wir uns mal seine Bankkonten an. Aha, hier sind die Daten, die wir brauchen.« Boyles war ebenfalls neugierig und durchforstete sämtliche Daten, die er auf dem Display angezeigt bekam. Sein Kollege verfolgte die Anzeige auf dem Display.

»Er hat ein Girokonto und mehrere Sparkonten. Ein Depot besitzt er auch«, sagte Boyles und betätigte die Tastatur.

»Schau mal nach, wie viel Geld auf den Konten und im Depot von Freeman verwahrt werden!«, gab Heester angespannt von sich. Boyles betätigte sein Notepad und rief die Daten über die Rechneranlage der BÜTAS ab. *Eine Datenverknüpfung und eine legale Aufhebung des Datenschutzes ist doch etwas feines*, dachte sich Heester. Die Rechneranlage der BÜTAS leistete ihre Dienste. Im Nu waren die gewünschten Daten, nach denen Boyles verlangte, auf dem Display zu sehen.

»Das ist eine Menge Geld für einen Werbefachmann«, bemerkte Heester und wartete auf die Antwort seines Kollegen.

»Es sind zwei große Zahlungen vor vier und fünf Jahren auf das Sparkonto überwiesen worden«, wunderte sich Heester.

»Vielleicht hat Freeman ja auch geerbt. Soll vorkommen«, verteidigte Boyles die Angaben auf dem Display. Boyles versuchte immer noch handfeste Beweise zu bekommen, aber für Heester waren diese Daten weiteres Belastungsmaterial. Boyles sah sich die Kontoauszüge von Freeman an und konnte keine größeren Einzahlungen feststellen. Das Geld musste also woanders hergekommen sein. Aber woher? Boyles forschte weiter nach.

»Freeman hat vor fünf Jahren ein bestehendes Girokonto aufgelöst«, fand Boyles heraus und teilte es seinem Kollegen mit.

»Kommen wir noch an die Daten heran?«, fragte Heester.

»Das wird etwas länger dauern, aber die Bank muss die Daten archivieren. Ich werde sofort das Nötige veranlassen«, erklärte Boyles und sandte eine E-Mail an die Zentrale der BÜTAS.

»Für mich ist das ein weiterer Beweis. Freeman hat Geld von der Legión de la Libertad erhalten und sein altes Konto aufgelöst. Es passt alles zusammen, die Riskos, das Hotel, die Legión, das Geld, das aufgelöste Konto. Ich bin von Freemans Schuld überzeugt. Er arbeitet vermutlich als Kontaktmann für die Legión de la Libertad«, Heester ließ seiner Fantasie freien Lauf, und Freeman war dem schutzlos ausgesetzt. Freeman hatte Glück, dass Boyles seine Ermittlungen anders führte. Boyles wollte mehr Beweise haben und auf die Angaben des gelöschten Kontos warten. Dann würde sich vermutlich zeigen, woher das Geld stammte, das auf Freemans Sparkonten schlummerte.

»Überprüfe doch mal die Konten der Riskos«, sagte Heester schnell, und Boyles betätigte sofort sein Notepad. Boyles begann mit der Überprüfung der Bankkonten von Andy Garcia, Janine Wagner, Andrea Bettini und Patrick Wolff.

»Hast du schon ein Ergebnis?«, hakte Heester nach.

»Moment noch. Für so viele Daten ist das Display einfach zu klein. Man verliert leicht die Übersicht«, fluchte Boyles und sichtete die übertragenen Daten. Boyles bekam heraus, dass alle vier Personen Überweisungen auf Konten getätigt hatten, die allesamt nicht mehr existierten. Boyles klärte seinen Kollegen auf. Er forschte weiter nach und bekam heraus, dass die aufgelösten Konten eine Verbindung zur Organisation Legión de la Libertad hatten. Auf den Konten der vier Riskos war fast kein Geld mehr vorhanden. Vermutlich hatte man das Geld schon ins Ausland geschafft und wartete jetzt nur noch auf eine Gelegenheit hinterher zu reisen.

»Diese verdammten Terroristen«, fluchte Heester, als ihn Boyles über den Stand der Ermittlungen informierte.

Boyles war bekannt, dass die Menschen aus dieser Gruppe als Terroristen gesucht wurden. Aber ihm war auch zu Ohren gekommen, dass diese Gruppe keine Waffen einsetzte und nur Menschen außer Landes brachte. Manchmal verursachte die Organisation eine Menge Arbeit und Aufregung, wenn sie sich in das Computersystem der BÜTAS hackte. Aber gewalttätig waren diese Menschen nicht, und trotzdem standen sie auf der Abschussliste der Behörden. Boyles wurmte das schon lange. Aber was konnte er schon dagegen unternehmen? Das neue Staatssystem war nun einmal nicht perfekt. Boyles löschte die Daten von dem Display und wandte sich wieder der Überwachung von Freeman zu.

»Was hast du vor?«, fragte Heester.

»Ich gehe die Überweisungen durch, die Freeman in den letzten Monaten von seinem Konto getätigt hat«, sagte Boyles, und Heester wurde hellhörig.

»Da bin ich ja mal gespannt«, sagte er erwartungsvoll.

»Was haben wir denn hier«, flüsterte Boyles, und Heester lauschte. Boyles hielt das Display etwas schief, so dass Heester es nicht einsehen konnte.

»Stromrechnungen, Miete, Fitnessverein Goring, ein Flugticket nach Mexico. Interessant!«, scherzte Boyles. »Interessant!«

»Wo geht er denn einkaufen?«, fragte Heester interessiert.

»Die üblichen Großmärkte. Am Wochenende war er chinesisch Essen«, stellte Boyles fest.

»Chinesisch?«, fragte Heester nach. »Ich sagte ja, an ihm ist etwas faul.« Heester machte sich lustig und lachte.

»Im Januar war er in der Autowerkstatt gewesen, und im März hat er ein Flugticket nach Australien bestellt ...«

»Schon wieder ein Land außerhalb der VEU, das er besucht hat«, stellte Heester fest, »aber das wissen wir ja schon. Die Flüge außerhalb der VEU werden schließlich bei unserer Behörde registriert und in der Datenbank gespeichert.«

»Vor zwei Wochen war Freeman im Kino. Er hat zwei Karten gekauft«, stellte Boyles fest.

»Welchen Film hat er sich angesehen?«, scherzte Heester.

»Brauchbares Material haben wir nicht gefunden«, stöhnte Boyles. »Ich durchforste noch etwas Freemans Laptop, bis unsere Verstärkung eintrifft«, sagte Boyles und baute eine Verbindung zu Freemans Laptop auf.

»Das ist gut. Vielleicht werden wir doch noch fündig.« Heester gab nicht auf. Er suchte krampfhaft nach weiteren Beweisen.

Es war 12:30, als der Wagen von Juan und Nisha in die Calle de Elcano einbog. Das Hotel Carlton am Plaza Federico Moyúa war nicht mehr weit entfernt. Nisha schaute auf ihre Uhr.

»Wir werden pünktlich ankommen. Das Hotel ist nur ein paar Minuten von hier entfernt. Wo willst du parken?«, fragte Nisha, darüber hatten sie sich noch keine Gedanken gemacht. Juan überlegte kurz.

»Da haben wir wohl ein kleines Detail vergessen. Zwei Straßen weiter gibt es ein Parkhaus, dort werden wir den Wagen abstellen«, gab er als Antwort zurück. Nisha nickte ihm zu.

Juan lenkte den Wagen durch den dichten Verkehr, bis er endlich das Parkhaus erreicht hatte. Er fuhr in die dritte Etage und ergatterte dort einen freien Platz.

»Wir sind gut in der Zeit«, sagte Juan, als er um 12:45 ausstieg. Juan und Nisha machten sich zu Fuß auf den Weg zum Hotel Carlton.

Sie verließen das Parkhaus. Juan holte sein Handy hervor und wählte die Nummer von El Matador.

»Hallo, wie geht es dir?«, fragte Juan, als er die Stimme von El Matador hörte. »Ich bin es, Pedro. Ich bin angekommen und gehe gleich einkaufen.«

»Gut, dann bis heute Abend«, bekam er als Antwort und legte

auf. *Bis heute Abend* hatte El Matador gesagt, es lief also alles wie geplant. Juan und Nisha konnten ins Hotel gehen und die Auswanderer in Empfang nehmen.

»Wir müssen vorsichtig sein. Spy-Hole ist immer noch nicht einsatzbereit. Die Telefongespräche könnten alle aufgezeichnet und analysiert werden«, sagte er leise zu Nisha.

★

Boyles schaute auf seine Armbanduhr. »Es wird langsam Zeit. Gehen wir! Amato und Gazzara müssen bald eintreffen. Wir sind mit ihnen in der Eingangshalle verabredet«, sagte Boyles, und Heester stimmte zu. Boyles schaltete sein Notepad aus und steckte es in die Jackentasche.

»Fallen wir in der Eingangshalle nicht zu sehr auf?«, fragte Heester skeptisch.

»Ich glaube nicht. Es sind viele Geschäftsleute im Hotel. Ich denke, dass wir hier nicht auffallen werden«, antwortete Boyles.

»Dann mal los!«, gab Heester von sich und bewegte sich zur Tür. Boyles folgte ihm, und sie gingen den Flur entlang zum Aufzug.

Währenddessen betraten Paul Amato und Stephen Gazzara die Eingangshalle des Hotels. Amato hielt sofort Ausschau nach Boyles, konnte ihn aber noch nicht ausmachen. Amato hatte seinen grimmigen Gesichtsausdruck aufgelegt. Gazzara sah sich hastig um und verspürte ein Kribbeln im Bauch. Amato hingegen nahm die Situation locker. Gazzaras blaue Augen leuchteten erwartungsvoll. Er war gespannt darauf, die Kollegen aus Deutschland kennen zu lernen.

»Unsere Kollegen aus Deutschland sind nicht gerade pünktlich«, sagte Gazzara mit einem breiten Grinsen.

»Sie haben noch ein paar Minuten«, bekam er als Antwort und fing sich dabei einen finsteren Blick von seinem Kollegen ein.

»Habe ich ja nicht böse gemeint«, verteidigte sich Gazzara.

Amato und Gazzara gingen zu einer Sitzgruppe, die aus fünf Sesseln und einem edlen, braunen Holztisch bestand. Amato nahm Platz, und Gazzara ließ sich im Sessel neben Amato nieder. Amato war die Ruhe in Person. Nichts konnte den gestandenen Agenten aus der Ruhe bringen. Er beobachtete die Umgebung ganz genau. Es befanden sich eine Menge Menschen in der Eingangshalle des

Hotels. Die Rezeption hatte Amato von hier aus im Blickfeld und zählte sechs Personen, die dort auf ihre Zimmer warteten. In der Halle tummelten sich weitere Personen, drei Männer und fünf Frauen.

»Wie gut kennst du Mark Boyles und Tom Heester?«, fragte Gazzara interessiert.

»Die beiden Agents habe ich in Berlin kennen gelernt. Boyles und ich haben in einem Einsatz zusammengearbeitet. Heester habe ich nur flüchtig gesehen. Er scheint aber in Ordnung zu sein«, erklärte Amato seinem neugierigen Kollegen. »Heester hat einige Eigenarten, die auch du besitzt«, nun sah Gazzara seinen Kollegen verwundert an.

»Eigenarten? Ich?«, fragte Gazzara. »Was denn für Eigenarten?«

»Ist nicht so wichtig. Da kommen unsere Kollegen aus Deutschland«, sagte Amato plötzlich, stand auf und ging ihnen entgegen. Gazzara folgte ihm. Amato und Boyles begrüßten sich mit einem kräftigen Händedruck. Dann stellte Amato seinen Kollegen vor, und Boyles stellte Heester vor.

Gazzara betrachtete sich und die anderen Agents. »Wird Zeit, dass wir an unserer Berufskleidung etwas ändern. Wir sind nicht gerade unauffällig«, gab Gazzara von sich. Boyles nickte mit einem Lächeln, und auch Heester gab ihm Recht.

»Bei den vielen Geschäftsleuten, die hier im Hotel verkehren, werden wir nicht so schnell auffallen«, war sich Amato sicher.

Die Agents gingen zu einer Sitzecke und nahmen Platz. Boyles berichtete kurz, was bis jetzt geschehen war, und Amato dirigierte über das Notepad seine Einheit, die vor dem Hotel in zwei parkenden Limousinen wartete. Boyles wollte mit einer kurzen Einsatzbesprechung beginnen, als Andy Garcia, Janine Wagner, Andrea Bettini und Patrick Wolff aus dem Aufzug stiegen und die Eingangshalle betraten. Sie wurden von einem Mann begleitet, den Gazzara kannte. Es war Abdul Asis. Er stammte aus Istanbul und war 40 Jahre alt, etwas untersetzt und hatte eine krumme Nase. Gazzara sah ihn und versuchte sein Gesicht zu verbergen.

»Mist! Das ist Abdul Asis. Er kennt mich. Ich war dabei, als er vor einem halben Jahr verhaftet wurde. Mangels an Beweisen wurde er aber wieder freigelassen«, sagte Gazzara aufgeregt. »Wir werden auffliegen!«

»Nur mit der Ruhe, Stephen«, wandte Amato ein. Er gab einen Befehl über das Notepad an seine Einheit weiter und steckte es anschließend ein. Es blieb den Agents nichts anderes übrig, als sitzen zu bleiben und abzuwarten. Würden sie jetzt überhastet aufstehen und den Platz verlassen, würde Abdul sie mit Sicherheit wahrnehmen und Gazzara sofort wiedererkennen. Die Gruppe entfernte sich ein wenig von ihnen. Abdul stand mit dem Rücken zur Sitzgruppe und war etwa zehn Meter entfernt. Diese Chance nutzten die Agents, standen auf und gingen in die entgegengesetzte Richtung zum Hotelausgang. Nach einigen Metern trennten sie sich. Amato und Gazzara gingen auf die Tür des Hotelausgangs zu, während Boyles und Heester in Richtung Rezeption gingen. Von hier aus hatten sie die Gruppe im Blickfeld.

»Glück muss der Agent haben«, flüsterte Heester seinem Kollegen zu.

Will Freeman verließ sein Hotelzimmer, ging durch den Flur und auf den Aufzug zu. Mit seinen Gedanken war er überall gleichzeitig. Er dachte an Daniela, an die Besprechung, an das Mittagessen und an das Buch. Er atmete kräftig ein und versuchte seine Gedanken zu sortieren. *Die Besprechung ist um 15:00 Uhr. Ich habe noch genügend Zeit, um etwas Essen zu gehen. Habe ich an alles gedacht? Die Präsentation ist fertig, die Dokumente geschrieben und die E-Mails an meine Firma habe ich vorbereitet. Ich muss Daniela unbedingt noch eine Nachricht schreiben, aber das kann ich von der Firma aus erledigen.* Will fuhr erschrocken zusammen, als die Aufzugstür zur Seite glitt und zwei Frauen ausstiegen. Will grüßte verlegen und stieg in den Aufzug ein. Er drückte auf die Taste, und der Aufzug fuhr nach unten. Will befand sich allein im Aufzug und konnte seinen Gedanken in Ruhe nachgehen. Es dauerte nicht lange, und der Aufzug war im Erdgeschoss angelangt. Will verließ den Aufzug und betrat die Eingangshalle des Hotels. Er war auf dem Weg ins Restaurant, als ihm eine Gruppe auffiel. Will ging zielstrebig auf die Gruppe zu und begrüßte alle. Auch er wurde freundlich begrüßt. Nur Abdul war misstrauisch, denn Will war für ihn ein Fremder. Andy Garcia stellte Will vor. Will und Abdul gaben sich die Hand.

»Ich bin auf dem Weg ins Restaurant. Ich muss noch eine Kleinigkeit essen, bevor die Besprechung losgeht«, erklärte Will.

Abdul ließ seinen Blick schweifen, als Will aufgetaucht war und sah zum Hotelausgang hinüber. Dort nahm er zwei Männer in braunen Anzügen wahr, die durch die Eingangstür verschwanden. Einer von ihnen drehte sich kurz herum und schaute zur Rezeption hinüber. Dort standen inzwischen Boyles und Heester und beobachteten die Gruppe. Abdul sah nur kurz das Gesicht des jungen Mannes, der durch die Tür verschwand, aber er hatte ihn sofort erkannt. *Das ist Stephen Gazzara. Wir werden observiert. Verdammt! Ich gehe jede Wette ein, dass die beiden Männer an der Rezeption ebenfalls Agents sind. Ich brauche einen neuen Plan.* Abdul griff in die Jackentasche und tastete nach seinem Handy. Er drückte auf eine Taste, die er vorher programmiert hatte. Automatisch wurde eine gespeicherte SMS gesendet. Der Empfänger war Juan González.

»Wie gefällt Ihnen Bilbao?«, wollte Abdul von Will wissen, um etwas Zeit herauszuschlagen. Er überlegte krampfhaft nach einem Ausweg. Er sah, dass die Agents an der Rezeption sie beobachteten, und er vermutete, dass vor dem Hotel noch weitere Agents auf sie warteten. Abdul reagierte besonnen und wollte seine Gruppe nicht in Gefahr bringen. Er war mit seinen Gedanken abwesend, als ihm Will von Bilbao erzählte.

»Na, was habe ich dir gesagt. Freeman steckt mit denen unter einer Decke. Er ist ein Terrorist. Das ist doch jetzt klar, oder?«, sagte Heester mit einer sicheren Stimme.

Boyles überlegte und gab keine Antwort. Die Indizien sprachen alle dafür, dass Freeman der Gruppe angehörte. Boyles war zwar noch nicht ganz überzeugt, aber die Vermutungen seines Kollegen konnte er nicht außer Acht lassen.

»Wir wollen auch eine Kleinigkeit essen«, sagte Abdul plötzlich, und Will freute sich über seine Begleitung. Die Gruppe war ihm sehr sympathisch. Will konnte Abdul noch nicht ganz zuordnen, aber er machte auf ihn einen vernünftigen Eindruck.

»Gazzara hat gesagt, dass er Abdul Asis kennt. Schau doch mal nach, was wir über Abdul in der Datenbank haben. Ich wette er gehört der Legión de la Libertad an«, sagte Heester und drängte Boyles nachzusehen. »Was für einer Religion gehört Abdul an? Ich wette er ist ein Anhänger des Islam.«

»Was hat denn die Religionszugehörigkeit damit zu tun, ob er ein gesuchter Terrorist ist?«, fragte Boyles ärgerlich. *Diese verfluchte Technik,* dachte Boyles. *Es werden mittlerweile sämtliche Daten von jeder Person gespeichert. Was hat die Religionszugehörigkeit überhaupt in der Datenbank zu suchen oder der Beruf oder die Aufenthalte außerhalb der VEU. Die Privatsphäre des Menschen ist mit den Jahren total verloren gegangen, und die meisten Bürger bemerken es nicht einmal. Das ist keine gute Entwicklung,* ging es Boyles durch den Kopf. Er war in einem Alter, in dem er das Leben ohne die Datenerfassung kennen gelernt hatte. Er erlebte die Zeit mit, als die Daten der Bürgerinnen und Bürger in immer mehr Behörden gespeichert, miteinander verknüpft und von einer Zentralbehörde ausgewertet wurden. Im Jahre 2011 wurde die BÜTAS gegründet, die mit allen Rechten ausgestattet war, um Zugriffe auf alle Daten einer Bürgerin und eines Bürgers der EU zu nehmen.

»Ich überprüfe Abdul nachher. Hier fallen wir sonst noch auf«, antwortete Boyles und beobachtete die Gruppe weiter. Ihm fiel auf, dass Abdul zur Eingangstür schielte und anschließend zur Rezeption hinübersah. Boyles wurde das Gefühl nicht los, dass Abdul sie bemerkt hatte.

Abdul und die Gruppe entfernten sich von der Rezeption und gingen in Richtung Restaurant. Will unterhielt sich prächtig mit seinen neuen Bekannten. Abdul drehte sich herum, und die Blicke von ihm und Boyles trafen sich. Jetzt war sich Boyles sicher, dass Abdul sie erkannt hatte. Boyles holte sein Handy hervor und informierte Amato. Er und Gazzara fluchten.

»Sollen wir zuschlagen?« Amato war sich unsicher.

»Ich denke schon«, sagte Boyles und brachte den Einsatz ins Rollen.

Juan und Nisha befanden sich nicht mehr weit von dem Hotel entfernt. Juans Handy piepste, als eine Nachricht eintraf. Juan holte sein Handy hervor und rief die Nachricht ab. Es war eine SMS von Abdul. Juan las sie laut vor. »Ich habe heute keine Zeit, Abdul.« Juan und Nisha hatten das Hotel fast erreicht. Sie sahen den Eingang und zwei Limousinen, die vor dem Hotel parkten. Juan und Nisha befanden sich auf der gegenüberliegenden Straßenseite und warteten auf eine Verkehrslücke. Juan beobachtete die Limousinen und sah zwei Männer, die sich der ersten Limousine näherten. Auch Nisha entging das Geschehen nicht.

»Das sind Agents«, fluchte sie.

Es tat sich eine Verkehrslücke auf. Juan und Nisha gingen über die Straße auf das Hotel zu.

»Was machen wir jetzt?«, fragte sie, und Juan legte einen Arm um Nisha und küsste sie. Nisha war verstört, dachte kurz nach und küsste Juan zurück. Beide fingen an zu lachen, und Amato der gerade zu ihnen hinübersah, beachtete sie nicht weiter.

»Entschuldige, aber der Agent hat zu uns herübergesehen. Mir ist nichts besseres eingefallen«, sagte er zu Nisha. Beide gingen Hand in Hand auf das Hotel zu.

»Was machen wir jetzt?«, fragte Nisha, und Juan zuckte mit den Achseln. Er dachte angespannt nach. Die Türen des ersten Wagens öffneten sich, und drei Agents verließen das Fahrzeug. Amato, Gazzara und drei Agents liefen ins Hotel zurück. Nun öffneten sich die Türen des zweiten Fahrzeugs und auch aus ihm stiegen drei Agents aus.

»Das sieht nicht gut aus«, sagte Juan, als sie die Straße überquert hatten. Ein Agent lief nach rechts und verschwand. Die beiden anderen Agents postierten sich vor dem Hoteleingang. Juan und Nisha kamen auf die Agents zu.

»Hier können Sie im Moment nicht hinein!«, sagte ein Agent.

»Doch können wir!«, gab Juan als Antwort, ließ Nisha los und schlug dem Agent, der links neben ihm stand, seine Faust voll auf die Stirn. Die Agents waren so überrascht, damit hatten sie nicht gerechnet. Nisha reagierte prompt. Sie hatte einen ungeheuren Schlag drauf. Nisha machte kurzen Prozess. Sie trat dem Agent mit ihrem rechten Fuß in den Magen, als der Agent sich vor Schmerz krümmte, verpasste Nisha ihm zwei gezielte Schläge an den Kopf. Der Agent ging bewusstlos zu Boden. Währenddessen hatte Juan den anderen Agent so weit mit seiner Faust bearbeitet, dass auch er bewusstlos am Boden lag. Nicht nur am Computer waren die beiden Genies, auch in der Kunst des Kampfsportes waren sie wahre Profis.

»Wo ist der andere Agent hingelaufen?«, fragte Nisha.

»Keine Ahnung. Ich sehe ihn nicht mehr. Komm, wir gehen ins Hotel!« Kaum hatte Juan den Satz ausgesprochen, öffnete Nisha die Tür und betrat die Eingangshalle des Hotels. Draußen auf der Straße hatten einige Passanten, die Zeugen des Vorfalls wurden, schon per Handy die Polizei benachrichtigt. Als Juan und Nisha die Eingangstür passierten, standen dort zwei Agents und wunderten sich, als Juan und Nisha durch die Tür kamen. Ein Agent griff nach seiner Waffe, doch es ging alles ziemlich schnell. Juan und Nisha stürmten auf die Agents zu und attackierten sie. Die Agents wehrten sich, und es entbrannte ein Kampf in der Halle. Gäste schrieen auf und rannten weg. Der Portier griff zum Telefon, und Amato warf einen Blick über die Schulter zurück und sah den Kampf, in den seine Kollegen verwickelt waren. Doch er, Gazzara und ein Agent verfolgten die Gruppe und waren auf dem Weg ins Restaurant. Boyles und Heester hatten das Restaurant betreten und die Verdächtigen gestellt. Mit gezogener Waffe hielten sie die Gruppe in Schach. Amato und seine Kollegen betraten ebenfalls das Restaurant und zogen ihre Waffen. Will wusste im Moment nicht, was ihm geschah. Er verfolgte das Schauspiel und begriff noch nicht, dass er sich mitten in einem Schlamassel befand.

»Keine verdächtigen Bewegungen, sonst schieße ich!«, rief Gazzara, und Boyles verzog die Stirn. *Er hat sehr viel Ähnlichkeit mit Tom*, dachte Boyles sich und hielt die Gruppe ebenfalls mit seiner Waffe in Schach. Viele Gäste verließen fluchtartig das Restaurant, und auch die Kellner machten sich auf und davon. Nach wenigen Minuten waren die Agents und die Terroristen alleine.

In der Eingangshalle kämpften Juan und Nisha verbissen mit den Agents. Die Agents beherrschten ebenfalls die Kampfkunst. Nisha wirbelte durch die Luft, drehte sich und trat mit dem rechten Fuß den Agent gegen das Kinn. Noch im Fall drehte Nisha sich wieder, und auch ihr linker Fuß traf ins Schwarze. Der Agent taumelte zurück, und Nisha nutzte die Chance. Zwei Schläge brauchte sie, einen bekam der Agent gegen den Hals, den anderen in den Magen. Der Agent brach zusammen, und Nisha tastete nach der Waffe des Agents und nahm sie an sich.

Juan hatte den anderen Agent soweit bearbeitet, dass er auf die Knie fiel. Juan sprang hoch und im Fall beugte er seinen Arm und der rechte Ellbogen traf den Agent genau auf den Kopf. Der Agent kippte zu Boden. Auch Juan tastete nach der Waffe des Agents und nahm sie an sich.

»Das widerspricht unseren Grundsätzen«, sagte er laut, und Nisha bestätigte ihm das durch ein Nicken.

»Hast du einen besseren Vorschlag?«, fragte sie und lief auf die Tür zu, die zum Restaurant führte. Juan folgte ihr mit Widerwillen, aber einen anderen Rat wusste er zu diesem Zeitpunkt nicht.

»Keine Bewegung!«, schrie Nisha und zielte auf die Agents. Die Situation wurde brenzlig. Boyles fluchte innerlich.

»Was wollen Sie machen? Uns alle erschießen?«, fragte Amato besonnen. »Seien Sie vernünftig, und legen Sie die Waffe weg!«

Die Tür flog ein zweites Mal auf, und Juan kam hineingerannt und zielte mit seiner Waffe ebenfalls auf die Agents.

»Runter mit den Waffen!«, befahl er, doch die Agents reagierten nicht. »Kommt alle zu uns, Abdul!«

»Ich fürchte, das können wir nicht zulassen«, sagte Heester, schwenkte seine Waffe und zielte auf Nisha.

»Nein! Nicht!«, schrie Boyles, aber es war zu spät. Ein Schuss löste sich aus Heesters Waffe. Noch bevor Heester abdrückte, ließ sich Nisha zu Boden fallen. Juan zögerte nicht lange und schoss. Die Kugel verfehlte Heester nur um Zentimeter. Abdul, Andy und Patrick griffen ein. Sie warfen sich Boyles und Heester entgegen und versuchten sie zu überwältigen. Will stand wie versteinert da und konnte sich nicht bewegen. Gazzara drehte sich wieder herum und hielt mit Amato die Frauen und Will in Schach. »Los, hilf unseren Kollegen!«, befahl Amato, und Gazzara lief sofort los. Ein Agent, er war noch sehr jung, zielte unterdessen auf Juan und wollte gerade abdrücken, als sich ein Schuss löste. Der Agent zuckte zusammen und ließ seine Waffe los, die zu Boden fiel. Er schaute auf seine Brust und sah, dass sich sein Hemd rot färbte. Er schaute zu Nisha und kippte dann wortlos zu Boden.

»Das wollte ich nicht«, sagte Nisha zu Juan, fluchte und schmiss ihre Waffe von sich weg. Das entging Boyles nicht, als er zu Nisha und dem angeschossenen Agent hinübersah. Boyles wunderte sich über die Reaktion von Nisha, kam aber nicht weiter zum Nachdenken, da er in einen Ringkampf mit Abdul verwickelt war. Amato schaute sich kurz um, als der Schuss fiel. Jetzt erwachte Will aus seiner Starre. Er griff sich einen Stuhl, hob ihn über seinen Kopf und lief auf Amato zu. Die Tasche mit dem Laptop baumelte über seiner rechten Schulter. Noch bevor Amato reagieren konnte, sauste der Stuhl auf ihn nieder und zerbrach auf seinem Kopf. Amato fiel zu Boden und Will trat die Waffe mit seinem rechten Fuß weg. Sie schlitterte über den Boden und blieb für Amato unerreichbar. Gazzara schaute sich um, sah Amato am Boden liegen, machte kehrt, wollte gerade seine Waffe ziehen, die er vorher eingesteckt hatte, als Janine und Andrea ihn erreichten und ansprangen. *Das darf doch alles nicht wahr sein. Ich muss träumen. Soviel kann doch nicht schief gehen*, dachte Gazzara, als er plötzlich einen Schlag gegen den Kopf spürte und ihm schwarz vor Augen wurde. Will war mit einem Stuhlbein angekommen und hatte es Gazzara über den Schädel gezogen. Will wusste nicht, was hier gespielt wurde. Er wusste nur, dass er und seine Bekannten mit

Waffen bedroht wurden, und er wollte sich nur wehren und die Frauen beschützen.

Abdul hielt Boyles fest im Griff, als sich ein Schuss löste. Abduls Griff wurde lockerer, und er löste sich von Boyles. Heester hatte Andy zu Boden geschlagen und konnte sich von Patrick befreien. Er hatte inzwischen seine Waffe gezogen und auf Abdul geschossen. Patrick stürmte wutschäumend auf Heester zu. Heester wandte sich Patrick zu und zielte auf ihn. Niemand achtete auf Will. Wieder war er es, der den Agent besiegte. Heester bekam das Stuhlbein an den Hinterkopf, kippte nach vorne und ließ seine Waffe fallen. Patrick schnappte sich die Waffe und zielte auf Heester.

»Du verdammtes Schwein. Ich schieße dich über den Haufen«, schrie Patrick voller Wut, als er an Abdul dachte.

»Nein, nicht!«, schrie Juan und eilte zu Patrick hinüber, nahm die Waffe an sich und zielte auf Heester, der am Boden kniete. Boyles verfolgte das Drama.

»Keine Bewegung!«, schrie Nisha Boyles zu, die wieder die Waffe aufgehoben hatte.

Boyles hörte nicht auf Nisha. Er kniete sich neben Abdul hin und untersuchte ihn. »Er lebt noch«, sagte er zu Nisha, die jetzt neben Boyles stand und auf ihn zielte. »Wollen Sie auf mich schießen?« bemerkte Boyles, und Nisha wurde sich unsicher.

»Wir müssen hier weg!«, sagte Juan hektisch.

»Was wird aus Abdul? Wir können ihn nicht zurücklassen«, gab Nisha als Antwort.

»Das müssen wir!«, gab Juan zurück.

»Er braucht sofort einen Arzt, sonst stirbt er«, sagte Boyles. »Wie geht es dem angeschossenen Agent?«, rief Boyles. Janine hockte neben dem Agent.

»Er lebt noch«, rief sie zu Boyles.

»Machen wir es nicht schlimmer, als es schon ist. Verschwinden Sie! Ich kümmere mich um die Verletzten«, sagte Boyles ernst. Nisha nickte ihm zu.

»Gut, aber keine Dummheiten«, sagte sie zu Boyles, dann übergab sie Juan die Waffe. »Hier, für dich. Ich will das Scheißding nicht mehr haben.«

Eine Terroristin, die keine Waffe haben will. Recht ungewöhnlich, dachte sich Boyles und ging zu dem angeschossenen Agent, um auch ihn zu versorgen. Die Gruppe verließ schnell das Restaurant, und Will folgte ihr.

»Wer waren diese Kerle? Wer seid ihr?«, fragte er laut und packte Juan an der Schulter.

»Das waren Europe-Agents, und wir sind Menschen, die die Freiheit lieben«, sagte er zu Will.

Vieles ging Will durch den Kopf. Er drohte ihm zu platzen.

»Terroristen! Ihr seid Terroristen«, schrie Will laut auf.

»So einfach ist das nicht. Wir gehören zu einer Gruppe, die für die Freiheit kämpft. Oder glaubst du, dass deine neuen Bekannten Terroristen sind?«, fragte ihn Juan und blickte ihn dabei in die Augen. Will wusste immer noch nicht genau, was hier gespielt wurde, aber Terroristen waren seine neuen Bekannten auf gar keinen Fall. Will war sich seiner Sache ganz sicher.

»Wir müssen weg von hier. Kommst du mit uns, oder bleibst du hier?«, fragte Juan, drehte sich herum und ging den anderen hinterher, die inzwischen den Ausgang passiert hatten. Noch war keine Polizei eingetroffen, aber in der Ferne waren Sirenen zu hören.

»Beeil dich, Juan! Los!«, schrie Nisha durch die Halle, und Juan lief zur Tür. Will überlegte kurz und startete durch. Hier bleiben wollte er auf keinen Fall. Er hatte Angst vor den Männern in den braunen Anzügen, die gewissenlos auf Menschen schossen.

Future-News:

Heute hat eine Gruppe von Terroristen das Hotel Carlton am Plaza Federico Moyúa in Bilbao gestürmt und Geiseln genommen. Eine Spezialeinheit der Europe-Agents wurde eingesetzt. Bei der Schießerei wurden ein Agent und ein Terrorist lebensgefährlich verletzt. Der Terrorist starb auf dem Weg ins Krankenhaus. Unklar ist noch, was die Terroristen mit ihrer Aktion vorhatten. Die Agents sind um eine schnelle Aufklärung bemüht. Und jetzt das Wetter ...

7 Hetzjagd

El Matador lief wutschnaubend durch die Station der Legión de la Libertad, die sich in der Nähe von Posada de Valdeón befand. Der vor Kraft strotzende Mann, fluchte immer wieder und blieb an einem Tisch stehen. Er sah sich das Gesicht des Nachrichtensprechers auf dem Folienbildschirm an und hörte ihm zu, als ein Bild eingeblendet wurde, worauf ein Mann der Führungsspitze der BÜTAS zu sehen war, ballte er seine rechte Hand zur Faust und schlug auf den Bildschirm. Der Folienbildschirm, der auf einem flachen Plastikhintergrund aufgeklebt war, flog im hohen Bogen durch die Luft und fiel zu Boden. Richard Wahlberg, der Arzt, musste schnell ausweichen. Acht Gefolgsleute waren am Tisch versammelt und sahen dem Schauspiel zu. Pepe, der neben Loreena stand, schaute dem Geschehen verwundert zu. Mit dieser Reaktion von El Matador hatte er nicht gerechnet.

»Geht es dir jetzt wieder besser?«, fragte Loreena, die neben El Matador stand. »Na, komm schon! Beruhige dich wieder! Wir haben alle eine ziemliche Wut im Bauch«, sagte Loreena, und langsam wurde El Matador wieder besonnen.

Pepe war gespannt, was El Matador zu berichten hatte. Pepe wollte unbedingt an der Besprechung teilnehmen, obwohl er von Richard andere Anweisungen erhalten hatte. Pepe fühlte sich wieder besser, laufen konnte er auch wieder gut, und die Schmerzen waren, dank der Medikamente, erträglich geworden.

»Er ist leicht erregbar, oder?«, flüsterte Pepe zu Loreena. Loreena sagte nichts, aber ihr Gesichtsausdruck verriet ihre Antwort.

»Die Europe-Agents haben auf unsere Leute im Hotel Carlton gewartet«, begann El Matador mit der Besprechung. »Sie haben über jeden Schritt Bescheid gewusst. Ich vermute, dass wir in unserer Organisation einen Maulwurf haben«, sagte El Matador direkt heraus. Seine Gefolgsleute waren über diese Nachricht entsetzt. *Einen Maulwurf, in der Organisation? Das ist eine Katastrophe*, dachten viele der Zuhörer. El Matador sah in die Runde und nahm sich jedes Gesicht vor, dann fuhr er fort. »Es könnte auch sein, dass sie den Auswanderern auf die Schliche gekommen sind. Gut, das Thema klären wir später. Zuerst brauchen wir einen neuen Plan für Juan und Nisha. Wir brauchen eine neue Route und einen neuen Anlaufpunkt.« Mittlerweile hatten sich weitere zehn Gefolgsleute um den Tisch herum versammelt und hörten El Matadors Rede zu. Loreena wunderte sich, dass El Matador so freizügig mit seinen Informationen umging. »Es war großes Glück, dass die Agents keine Ahnung von Juan und Nisha hatten. Durch diesen Vorteil ist unseren Leuten in Bilbao die Flucht geglückt.«

»Was genau ist passiert?«, fragte Pepe nach. El Matador begann mit der ausführlichen Beschreibung des Vorfalls. Er hatte zuvor mit Nisha telefoniert und einen codierten Text über das Internet von ihr erhalten.

»In den Medien ist eine ganz andere Darstellung vorgebracht worden«, sagte El Matador und schnappte sich die Folientastatur. Ein junger Mann trat hervor, der einen neuen Folienbildschirm bei sich trug. Kurze Zeit später war der neue Bildschirm an der Computeranlage angeschlossen. El Matador betätigte die Tastatur und rief die aufgezeichneten Nachrichten ab. Alle staunten über die Darstellung der Tat.

»Nisha und Juan haben zwar unsere Prinzipien verletzt, als sie die Waffen der Agents an sich genommen haben. Aber hätte Nisha die Waffe nicht besessen, wäre sie jetzt vermutlich tot gewesen«, gab El Matador wütend von sich.

Pepe staunte auch über die Meldungen in den Medien, denn er wusste mit Sicherheit, dass die Legión de la Libertad das Hotel nicht mit Waffengewalt gestürmt hatte. Am Rande hörte er den Namen Abdul Asis. »Was ist mit Abdul geschehen?«, fragte er El Matador.

»Abdul wurde angeschossen und starb auf dem Weg ins Krankenhaus«, bekam Pepe als Antwort. Pepe wurde blass. *Abdul soll tot sein? Das darf nicht sein*, dachte er bei sich und wollte diese Nachricht im ersten Moment nicht glauben.

»Er ist tot!«, wiederholte El Matador.

Pepe hatte Abdul vor einem Monat in Bilbao kennen gelernt. Abdul machte auf ihn einen freundlichen und friedfertigen Eindruck. *Warum musste man ihn erschießen? Ich begreife das nicht*, grübelte Pepe.

El Matador führte die Besprechung fort. Es wurden neue Routen vorgeschlagen und neue Ziele festgelegt. Nach einer Stunde stand der neue Plan fest.

»Gut, ich werde die neue Route Nisha und Juan mitteilen. Du kommst mit mir, Loreena!«, befahl El Matador. »Und du«, damit meinte er Pepe, »gehst mit Richard auf die Krankenstation und lässt dich noch mal untersuchen!«

Loreena wunderte sich, dass sie mit El Matador mitgehen sollte. Sie betraten das Büro von El Matador.

»Schließ die Tür hinter dir!«, befahl er.

»Was ist los mit dir?«, fragte Loreena misstrauisch.

»Ich vertraue dir, Loreena. Deswegen möchte ich dich in meinen Plan einweihen. Juan und Nisha werden die vorgesehene Route nehmen und den alten Plan ausführen. Was denkst du darüber?« Nisha dachte nach. Ihre Augen funkelten. Sie versuchte El Matadors Plan zu verstehen.

»Du traust mir, aber irgend jemandem traust du nicht. Wer ist es?«, fragte Loreena auffordernd.

»Wie gut kennst du Pepe?« Diese Frage traf Loreena hart. Es war wie ein Schlag ins Gesicht.

»Du denkst Pepe ist der Maulwurf?«, fragte sie empört.

»Es ist nur eine Vermutung, Loreena. Nur eine Vermutung«, antwortete er bedacht.

»Wieso Pepe?«

»Ich habe Informationen erhalten, die ihn belasten.«

»Informationen? Du vergisst, dass Pepe fast sein Leben verloren hätte. Er ist von einem Agent angeschossen worden!«

»Genau deshalb zweifle ich im Moment an seiner Schuld«, sagte El Matador und forderte Loreena auf ihn anzuhören. El Matador erklärte Loreena sein Vorhaben. Er wollte den alten Plan ausführen, und Loreena sollte über alles Bescheid wissen, falls ihm etwas zustoßen sollte. El Matador sandte eine verschlüsselte Botschaft über das Internet, die Nisha auf ihrem Handy empfing.

»Und kein Wort zu Pepe!«, sagte er mit Nachdruck. Loreena gab darauf keine Antwort, aber mit ihrem Blick durchbohrte sie El Matador förmlich. Loreena verließ wütend das Büro. Sie war auf dem Weg zur Krankenstation und überlegte währenddessen, was El Matador über Pepe vermutete. Dann machte sie kehrt und beschloss an ihren Arbeitsplatz zu gehen. Sie war zu aufgebracht. Schnell hätte Pepe verdacht schöpfen können. Ob El Matador mit seinen Beschuldigungen im Unrecht war, das wusste sie nicht mit Sicherheit.

★

Ein Wagen näherte sich der Grenze von Nordspanien nach

Frankreich. Es war ein Audi Van. Juan lenkte den Wagen und neben ihm saß Nisha. Andy, Janine und Will saßen in der zweiten Reihe, und in der letzten Reihe saßen Andrea und Patrick. Will konnte es nicht fassen. Er befand sich in einem Auto mit einem Haufen Verbrecher. Nisha erzählte ihre Version der Geschichte, und Will hörte wissbegierig zu. Doch glauben wollte er nicht alles, was ihm Nisha erzählte. Einiges hörte sich zu unwahrscheinlich an.

Ich kann immer noch sagen, dass ich entführt worden bin. Flucht in die Freiheit? Wir leben doch alle in Freiheit. Ich denke, dass diese Organisation aus einem Haufen Spinner besteht, die nicht wissen, was sie tun. Die nur auf zahlungsfähige Kunden spekulieren. Ich habe noch nie etwas von einer Massenflucht aus der VEU und von einer Legión de la Libertad gehört. Los, Will! Lass dir etwas einfallen, bevor die Situation für dich außer Kontrolle gerät und du mit diesen Typen in den Knast wanderst, schoss es Will durch den Kopf.

»Du glaubst mir nicht und denkst, dass wir Spinner sind?«, fragte Nisha und wandte sich Will zu.

»Doch, ich glaube euch!«, sagte Will mit wenig Überzeugungskraft. Nisha verzog die Augenbrauen.

»Alles klar, Will«, höhnte Nisha und holte ihr Handy hervor, als es piepste. Sie hatte eine verschlüsselte Nachricht über E-Mail von El Matador erhalten und öffnete diese erwartungsvoll. Nisha überspielte die Nachricht auf ein kleines Notepad, das keine Verbindung zu Kommunikationssystemen besaß. Nisha war überaus vorsichtig. Ein Risiko wollte sie nicht eingehen. Auf dem Notepad befand sich ein Dechiffrierprogramm. Nisha startete das Programm, und die Nachricht von El Matador wurde entschlüsselt.

»Es ist eine Nachricht von El Matador«, sagte sie zu Juan. Er spitzte die Ohren, als Nisha fortfuhr. »Er schreibt uns, dass wir an unserem alten Plan festhalten sollen. Nur El Matador und Loreena wissen darüber Bescheid. Er geht davon aus, dass es in unserer Organisation einen Maulwurf gibt.« Juan konnte es nicht fassen, als er die Nachricht von El Matador hörte.

»Hat El Matador schon eine Vermutung, wer der Verräter sein kann?«, fragte Juan entsetzt.

»Ja, aber den Namen wollte er uns nicht mitteilen, bevor er sich nicht sicher ist. Leider ist Abdul auf dem Weg ins Krankenhaus gestorben.« Über diese Nachricht war Juan sehr betrübt. Es verschlug ihm für einen Moment die Sprache.

Will konzentrierte sich auf das Gespräch zwischen Nisha und

Juan. *Ich werde bei der nächsten Gelegenheit fliehen und mich den Behörden stellen. Alles wird sich aufklären,* dachte sich Will.

Sie passierten die Autobahn in Höhe von Irun, bald würden sie die Grenze erreicht haben. Plötzlich gingen hinter ihnen Sirenen an, und zwei Polizeiwagen überholten den Van.

»Bitte, nicht schon wieder eine Schießerei«, flehte Will.

»Kapierst du das immer noch nicht? Die Waffen haben wir vor dem Hotel neben den bewusstlosen Agents gelassen. Wir besitzen keine Waffen!«, sagte Nisha nachdrücklich.

Mittlerweile hatten die Polizeiwagen den Van überholt und entfernten sich mit rasender Geschwindigkeit von ihm. Ein Aufatmen ging durch den Wagen. Auch Will war sichtlich erleichtert, als die Polizeiwagen sich entfernt hatten. Nach einer Weile hatten sie die Grenze passiert und fuhren auf der Autobahn in Richtung Bordeaux.

»Wann machen wir eine Pause?«, drängte Will.

»Gar nicht«, antwortete Nisha.

»Ich fürchte dann werden die Autositze nass«, bekam sie als Antwort. Nisha sah Will genervt an.

»Gleich kommt ein Rastplatz, bevor wir auf die Landstraße fahren. Dort machen wir eine Pause«, warf Juan ein.

»Das ist nicht dein Ernst?« Nisha war strikt dagegen.

»Eine kurze Pause wird uns allen gut tun. Ich besorge etwas zu essen und zu trinken. Wir können alle unseren Bedürfnissen nachgehen und fahren dann weiter«, verkündete Juan.

Okay, Will. Jetzt nur nicht nervös werden. Deine Chance kommt! Gleich kannst du dem Horror entfliehen, dachte Will.

Inzwischen waren Boyles, Heester, Amato und Gazzara in einem Bürogebäude der BÜTAS in Bilbao eingekehrt. Sie hatten ein eigenes Büro erhalten und überlegten sich eine Strategie, um die Flüchtigen zu schnappen.

»Hat sich unser Mann schon gemeldet, den wir bei der Legión de la Libertad eingeschleust haben?«, fragte Boyles seinen Partner.

»Nein, noch nicht. Eigentlich ist er schon lange überfällig«, sagte Heester besorgt.

»Ihr habt einen Mann bei der Legión de la Libertad eingeschleust?«, fragte Amato und war verwundert, dass er über diese

Aktion nicht informiert wurde.

»Er ist seit drei Monaten bei dieser Gruppe und sollte uns Hinweise zur Ergreifung von Juan González alias Hack-Man und Nisha Nikolar alias Coco Loco liefern. Die beiden sind wahre Computergenies und eine Plage für unsere Behörde. Wir waren nahe dran sie festzunehmen«, erklärte Boyles seinen spanischen Kollegen.

»Wir auch«, sagte Amato besorgt, »und wir haben die Gruppe in Llanes gestellt. Sie konnten uns aber leider entkommen. Einen von ihnen hat mein Kollege angeschossen. Ich hoffe nicht, dass es ihr Mann war.«

Nun legte sich Boyles Stirn in Falten, und er dachte nach. An der Situation konnte er nichts mehr ändern.

»Warten wir es ab«, sagte Boyles, »und wenden uns lieber den Flüchtigen zu. Ich denke jeder von uns sollte seine Vorschläge vorbringen, und dann diskutieren wir, wie wir vorgehen werden.«

Die vier Agents saßen an einem kleinen, runden Tisch beisammen, und jeder von ihnen machte der Reihe nach seine Vorschläge. Boyles notierte jeden Vorschlag.

»Die Flughäfen in der näheren Umgebung müssen alle überwacht werden«, brachte Gazzara als Vorschlag. »Wir informieren die Agents auf jedem Flughafen, um alle Passagiere überwachen zu lassen. Dank der neuen Flugtickets mit integriertem Mikrochip, sind sämtliche Daten des Passagiers auf dem Ticket gespeichert. Wir können alle Passagiere überall auf dem Gelände orten.« Gazzara machte eine kurze Gedankenpause. »Noch nicht einmal auf dem Klo ist jemand vor unserem Ortungssystem sicher. Wir können genau sagen, wann er sein Geschäft erledigt hat«, schmunzelte Gazzara, und Heester fand die Bemerkung auch amüsant. Bloß Boyles und Amato konnten nicht darüber lachen. Ein Recht auf Intimsphäre hatte der Passagier bei einer Überwachung nicht, denn jeder war ein potenzieller Verdächtiger. Boyles notierte sich den Vorschlag von Gazzara und markierte ihn. Die Agents diskutierten über weitere Vorschläge.

»Wohin könnten sie noch fliehen?«, warf Heester ein.

»Man sollte die Grenze zu Frankreich beobachten. Wo beginnt das Mautsystem?«, fragte Boyles nach.

»Direkt in Frankreich«, antwortete Amato kurz.

»Gut, dann werden wir alle Fahrzeuge und deren Daten in unserer Datenbank speichern. Ferner sollen sämtliche Aufnahmen von den Insassen ausgewertet werden! Ich will wissen, wer in Grenznähe die Autobahn benutzt. Das müsste machbar sein«, gab Amato von sich, und der Vorschlag wurde angenommen. Boyles unterbrach die Sitzung kurz. Er und Amato griffen zum Handy, um die Vorschläge, die bisher angenommen wurden, ausführen zu lassen. Nach einer etwas längeren Unterbrechung ging es mit der Besprechung weiter.

»Wir wissen, wer die Riskos sind. Wir kennen Will Freeman und Abdul Asis, der leider gestorben ist. Wer die beiden anderen waren, wissen wir im Moment noch nicht«, stellte Boyles fest. »Sind in dem Hotel Aufzeichnungen von Überwachungskameras gemacht worden?«, hakte Boyles nach.

»Die Aufnahmen werden gerade überprüft«, bekam er von Gazzara zu hören. »Wir werden bald nähere Informationen über die beiden Unbekannten erhalten.«

»Wir sollten außerdem alle Fahrzeuge, die sich in einem Radius von 300 Kilometer um Bilbao herum bewegen und in denen ein GPS-Sender eingebaut ist, überprüfen lassen. Das geht mit der Satellitenüberwachung recht zügig, und vielleicht haben wir Glück dabei«, schlug Heester vor. Der Vorschlag wurde von der Gruppe angenommen, und Gazzara rief die zuständigen Stellen an, um die Überwachung starten zu lassen.

»Ich denke, wir haben im Moment alles getan. Warten wir ab und gehen einen Kaffee trinken«, gab Amato als Anregung von sich. Die Gruppe stand auf und verließ das Büro.

»Wir sollten außerdem sämtliche Telefonanschlüsse und Handys, die sich in der Nähe von Bilbao befinden, überwachen lassen«, sagte Boyles plötzlich, als sie schon fast durch die Tür waren.

»Das denke ich auch«, gab Amato von sich, griff zu seinem Handy, und veranlasste, dass sämtliche Telefonate in der näheren Umgebung von Bilbao abgehört wurden. Mit Hilfe der Technik stellte die Überwachung und Aufzeichnung der Telefongespräche kein Problem da. Ein Computer wertete die Gespräche aus und speicherte anschließend verdächtige Telefonate in die Datenbank. Diese wurden dann von Mitarbeitern der BÜTAS auf ihren Inhalt näher überprüft.

An die Überwachung des Internets hatten die Agents nicht gedacht. *Nobody is perfect*, ein kleiner Vorteil für die Flüchtlinge. Denn die verschlüsselte E-Mail von El Matador an Nisha würde vorerst unentdeckt bleiben.

»Wir sollten aber nur eine kurze Pause einlegen. Die Straßen werden inzwischen bestimmt überwacht und kontrolliert«, sagte Nisha besorgt, und Juan stimmte zu.

»Wir sind in drei Stunden gut vorangekommen. Eine kurze Pause sollten wir uns gönnen«, sagte Juan und fragte den Rest der Gruppe nach seiner Meinung.

»Denk daran, die Auswanderer sind den Agents bekannt«, sagte Nisha, »und Will wurde aus irgendeinem Grund observiert. Ich habe bei dem Tumult im Hotel gehört, wie zwei Agents den Namen von Will riefen. Durch die Überwachungskameras im Eingangsbereich des Hotels wird es nicht lange dauern, und die Agents kennen auch unsere Namen.«

Ich wurde überwacht? Was ist denn das für eine absurde Vermutung? Aus welchem Grund sollte mich jemand überwachen?, dachte Will. Er fand die Behauptung von Nisha einfach lächerlich.

Es war gegen 17:00, als Juan auf den Rastplatz fuhr und einen Parkplatz ansteuerte. Ein Restaurant mit einem kleinen Einkaufsladen und den Toiletten befand sich links von ihnen. In der entgegengesetzten Richtung war die Tankstelle zu sehen. Juan öffnete die Tür und stieg aus. Die anderen folgten ihm.

»Ich und Nisha besorgen etwas zu essen und zu trinken«, sagte Juan und war schon auf dem Weg zum Restaurant.

»Überleg dir genau, was du jetzt machen wirst!«, sagte Nisha zu Will, drehte sich um und folgte Juan.

Juan und Nisha betraten den Laden, und sofort fielen ihnen die Kameras auf, die an der Kasse und im Laden angebracht waren. Juan schaute Nisha an, und beide verließen den Laden sofort wieder.

»Ob auf dem Weg zu den Toiletten auch Kameras angebracht sind?«, fragte Nisha. Juan zuckte mit den Schultern. »Vielleicht.«

Draußen vor dem Eingang des Restaurants standen ein Sandwich- und ein Getränkeautomat.

»Wenigstens etwas«, sagte Juan und ging auf die Automaten zu.

»Wie willst du bezahlen, mit Kreditkarte oder Bargeld?« Nisha lächelte und holte ihr Bargeld hervor. Zu ihrem Glück gab es in diesem Jahrzehnt noch Automaten, die mit Bargeld funktionierten.

»Unsere Kreditkarten sind eigentlich sicher, aber bei einem Großeinsatz weiß man nie, in welchem Umfang nachgeforscht wird«, sagte Juan leise zu Nisha.

Juan hatte zwei Tragetaschen bei sich, in dem er die Getränke und Sandwiches verstaute.

Will saß auf der Toilette, sein Laptop lag auf seinem Schoß, und er überlegte, was er nun machen sollte. *Ich warte, bis die anderen die Toilette verlassen haben und versuche über mein Handy Hilfe zu rufen. Ja, so werde ich es machen!* Auf der Toilette lief Musik, die von einem Radiosender gespielt wurde. Die Musik klang langsam aus, und ein Radiosprecher berichtete von dem Vorfall im Hotel Carlton. Jetzt kamen Will seine französischen Sprachkenntnisse zugute. Er wurde aufmerksam, denn die Meldung, die der Radiosprecher von sich gab, stimmte nicht mit dem überein, was wirklich im Hotel Carlton geschehen war. Will musste es schließlich wissen, denn er war dabei gewesen. *Was hatte Nisha eben von sich gegeben? Ich wurde sehr wahrscheinlich observiert.* Will grübelte, öffnete seinen Laptop und schaltete ihn ein.

»Brauchst du noch lange?«, hörte Will die Stimme von Patrick.

»Noch ein bisschen«, gab er zurück.

Patrick und Andy verließen die Toilette und warteten in einem großen Vorraum auf ihre Frauen und auf Will.

Will startete eine Antiviren-Software und wartete ab, bis alle seine Dateien auf der Festplatte überprüft worden waren. Es wurde kein Virus oder irgendein anderes schädliches Programm gefunden.

Kein Fund, zeigte der Monitor an. Will kam eine Idee. Er deaktivierte die Antiviren-Software und aktivierte eine andere Antiviren-Software, die er von seinem Freund Carlos Rodriges bekommen hatte. Es war ein illegales Programm, das er von einer Reise aus Kuba mitgebracht hatte. Das Programm war Klasse, aber leider in der Vereinten Europäischen Union verboten worden. Warum es verboten war, darüber hatte sich Will noch keine Gedanken gemacht. Will startete das Programm, und es durchforstete Wills Laptop und prüfte jede Datei auf Herz und Nieren. Das Programm wurde fündig.

Found spy.

Es dauerte einige Sekunden, bis eine weitere Nachricht auf Wills Laptop erschien.

93

The signature from the spy is BÜTAS.

Will erschrak. *BÜTAS*, dachte er. *Was habe ich mit der BÜTAS zu tun.* Die Antiviren-Software fragte nach, ob es die gefundene Datei in Quarantäne nehmen sollte. Will bestätigte, und das Programm machte die Datei unschädlich, aber löschte sie noch nicht von der Festplatte. In Will stiegen Bedenken auf, und er nahm sich vor, noch nicht mit seinem Handy nach Hilfe zu rufen. Er öffnete ein weiteres Menü der Antiviren-Software, startete es und wartete ab. Es dauerte nicht lange, und Will bekam eine Liste der Dateien angezeigt, auf die das Spionageprogramm der BÜTAS zugegriffen hatte. Will war empört. *Das gibt es doch nicht. So eine Unverschämtheit! So eine Schweinerei! Was erlauben die Behörden sich. Das ist verdammt noch mal illegal,* dachte Will und regte sich unheimlich darüber auf. Illegal war der Vorgang der Behörden auf keinen Fall. Es war alles mit Sondergesetzen legalisiert worden. Will ging die Liste akribisch durch und sah, dass seine privaten Dateien, die er nicht mit einem Passwort zugriffs- und kopiergeschützt hatte, gelesen und kopiert wurden. Außerdem zeigte das Programm an, auf welche E-Mails die Agents zugegriffen hatten. Er sah, dass sämtliche E-Mails, die er an Daniela geschrieben und die er von ihr erhalten hatte, von den Agents geöffnet und gelesen wurden. Will war über dieses Vorgehen schockiert.

Mittlerweile warteten auch die Frauen in dem Vorraum auf Will. Juan und Nisha betraten den großen Vorraum zur Toilette und gingen schnell auf die Gruppe zu.

»Ist Will noch auf der Toilette?«, fragte Juan schnell.

»Er hat wohl eine längere Sitzung«, antwortete Andy und schmunzelte.

Hoffentlich macht Will keinen Blödsinn und informiert die Polizei oder die Agents. Ich hätte daran denken sollen, dass er nicht nur fliehen, sondern mit seinem Handy auch Hilfe herbeirufen kann. Irgendwie habe ich das total übersehen. Juan wurde blass im Gesicht. *Verdammt, außerdem habe ich total übersehen, dass Wills Handy mit Sicherheit überwacht wird und geortet werden kann.* Nisha merkte, dass Juan anfing zu schwitzen.

»Es ist wegen Will. Nicht wahr? Er hat sein Handy bei sich. Verflucht, daran habe ich auch nicht gedacht«, sagte Nisha und ärgerte sich über diesen großen Fehler. Juan drückte seine Einkaufstaschen Patrick in die Hand und befahl der Gruppe zum Wagen zurückzugehen.

»Hoffentlich macht Will nichts unüberlegtes. Hoffentlich nicht«, Janines Stimme klang traurig und leer. Für die Gruppe stand viel auf dem Spiel. Ihr Recht auf ein freies Leben. Die Gruppe hatte den Vorraum verlassen, und Juan ging auf die Toilettentür zu. Er hoffte darauf, dass Wills Handy noch nicht geortet wurde, und er war fest entschlossen Will gegebenenfalls mit Gewalt daran zu hindern Hilfe herbeizurufen.

»Was hast du vor?«, fragte Nisha und folgte Juan. »Mach nichts unüberlegtes!« Nisha sah den Ausdruck in Juans Gesicht und machte sich große Sorgen. Kurz bevor sie die Tür erreicht hatten, schwang sie auf, und Will verließ die Herrentoilette. Juan zerrte ihn am Arm zur Seite weg.

»Was hast du solange gemacht?«, fuhr er Will an und ließ ihn sofort los, als zwei Männer und eine Frau den Vorraum betraten, um die Toiletten aufzusuchen. Juan, Nisha und Will standen in einem Kreis und schwiegen. Als sie wieder alleine im Vorraum waren, stupste Juan ihn an die Schulter.

»Also, doch nicht immer ein gewaltfreies Vorgehen«, stellte Will fest, und Juan sah ihn finster an. Juan ärgerte sich noch mehr.

»Sei vernünftig, Juan«, sagte Nisha. »Wir gehen zum Wagen zurück!«, befahl sie anschließend. Sie marschierten los, verließen den Vorraum und machten sich auf den Weg.

»Ihr könnt euch beruhigen«, unterbrach Will die Stille. »Ich habe niemanden informiert. Ich gebe zu, dass ich es vorhatte, bis zu dem Zeitpunkt, als ich die Reportage über das Geschehen im Hotel Carlton im Radio gehört habe. Daraufhin habe ich meinen Laptop mit einer Antiviren-Software überprüft.«

»Gib mir sofort dein Handy, Will! Wir müssen es beseitigen, die Agents können es orten!«, sagte Juan nachdrücklich.

»Da kann ich dich schon wieder beruhigen, Juan. Vermutlich habe ich mein Handy nämlich im Hotelzimmer vergessen, oder bei der Rangelei im Hotel verloren«, gab Will von sich.

Juan und Nisha waren sichtlich erleichtert und lauschten Wills Worten. Will erklärte, was er solange auf der Toilette getrieben hatte, und wie entsetzt er war, als er ein Spionageprogramm der BÜTAS auf seinem Laptop entdeckt hatte.

Sie stiegen wieder in den Van ein. Juan startete den Wagen und fuhr los. Will unterbrach wieder die Stille.

»Was ist eigentlich los? Warum überwacht die Behörde mich? Ich verstehe den Zusammenhang nicht?«, Will grübelte laut vor sich hin.

»Du suchst nach einem Zusammenhang?«, fragte Nisha zurück.

»Ja, verflucht! Mit welchem Recht wird meine Privatsphäre verletzt? Ich verstehe das nicht«, sagte Will verärgert.

»Die Behörden besitzen alle Rechte, um in dein Privatleben eindringen und dich ausspionieren zu dürfen. Dazu brauchen die Agents nur eine Vermutung, keinen handfesten Beweis«, erklärte Nisha, und Will verzog missmutig die Mundwinkel.

Juan verließ um 17:30 die Autobahn und fuhr auf die Landstraße in Richtung Bordeaux.

★

Nachdem die Agents ihren Kaffee getrunken hatten, betraten sie wieder das Büro.

»Mal sehen, ob es schon etwas Neues gibt«, sagte Boyles und schaute sich sofort die aktuellen E-Mails an. Amato und Heester nahmen ihre Handys und telefonierten. Gazzara hingegen machte es sich auf dem Bürostuhl gemütlich und wartete ab. Er war müde und gähnte kurz. Es gab noch keinen Fahndungserfolg. Auf den umliegenden Flugplätzen waren die Flüchtigen nicht entdeckt worden, obwohl man inzwischen sämtliche Passagiere überprüft hatte. Die Verkehrskontrollen und die Telefonüberwachung hatten auch noch zu keinem Ergebnis geführt.

»Wir sind keinen Schritt weitergekommen«, sagte Boyles, und er wurde laut dabei. »Es ist so, als ob sich die Flüchtlinge in Luft aufgelöst hätten.«

»Hat sich bei der Satellitenüberwachung schon etwas ergeben?«, fragte Amato nach. Niemand gab eine Antwort.

»Hat man etwas bei der Überwachung über das Mautsystem in Frankreich in Erfahrung bringen können?«, war Amatos zweite Frage. Amato betätigte sein Handy, als niemand eine Antwort gab.

»Ich erkundige mich«, sagte Gazzara und wurde wieder wach.

»Was machen wir jetzt?«, fragte Amato in die Runde und wartete auf die Vorschläge seiner Kollegen. Ein Achselzucken ging durch die Runde.

»Ich sage ja immer wieder, man muss die Überwachung der Bevölkerung verschärfen, damit uns die Verbrecher nicht durch die Lappen gehen. Es sollte jede Person von Geburt an einen Mikrochip implantiert bekommen, worauf seine sämtlichen Daten gespeichert werden. Der Mikrochip könnte mit einem GPS-Sender verbunden werden, so dass man jederzeit weiß, wo sich die gesuchte Person aufhält. Das wäre ein großer Fortschritt für unsere Arbeit. Technisch ist das bestimmt machbar«, erklärte Heester der Gruppe. Boyles und Amato waren fassungslos, über diesen Gedankengang von ihrem Kollegen. Schon im Augenblick hatte die Überwachung Ausmaße angenommen, die eigentlich nicht mehr vertretbar waren, aber Heester setzte dem Ganzen noch einen oben drauf.

Wohin soll das alles noch führen? Menschen mit solchen irren Ideen sind gefährlich. Die Überwachung der Bevölkerung hat jetzt schon Dimensionen erreicht, die eigentlich unverantwortlich sind, dachte sich Boyles, und auch Amato gingen gerade fast dieselben Gedanken durch den Kopf.

»Warten wir ab, was sich aus den Auswertungen der Mautdaten ergibt. Mit etwas Glück erwischen wir die Flüchtigen doch noch. Von dem Einsatzleiter des Mautsystems habe ich eben erfahren, dass die Fotografien der Fahrer und Beifahrer ausgewertet werden. Bei der Überprüfung der Kennzeichen hat sich leider nichts ergeben«, erklärte Gazzara der Gruppe. »Durch die Kontrolle der Kennzeichen konnte man nur einige Verkehrssünder erwischen sowie zwei Autodiebe fassen und einen Kleinkriminellen stellen«, ergänzte Gazzara noch.

Die Agents überlegten und warteten ab, was anderes blieb ihnen im Moment nicht übrig. Die Mitarbeiter der verschiedenen Behörden und die Technik erledigten die Arbeit.

»Ich nehme an, unsere Flüchtlinge sind mit einem nicht registrierten Fahrzeug über die Grenze nach Frankreich gefahren«, befürchtete Boyles.

»Wie kommst du darauf?«, fragte Gazzara ihn.

»Das sagt mir mein Gefühl.« Boyles überlegte. »Aber was spielt Freeman für eine Rolle in diesem Fall? Ich bin mir nicht sicher, ob wir dem Mann nicht Unrecht zufügen.«

»Sagt dir das dein Gefühl?«, witzelte Heester und fing sich einen durchdringenden Blick von seinem Kollegen ein. »Nimm die Bemerkung nicht so ernst«, entschuldigte Heester sich, »aber für mich steht fest, dass Freeman schuldig ist. Alle Tatsachen sprechen für ihn«, ergänzte er und ließ seinen Blick schweifen.

Boyles unterließ es ihm zu widersprechen. Amato bemerkte, dass die Agents in gewissen Sachen völlig unterschiedlicher Meinung waren.

★

Der Van bewegte sich auf der Landstraße fort, und Juan war sich nicht sicher, ob die Strecke nicht doch überwacht wurde. Er wusste, dass die Agents die Suche eingeleitet hatten, und ihm wurde jetzt bewusst, dass sie über die Autobahn gefahren waren und sich dem Mautsystem ausgeliefert hatten. Den Wagen, den El Matador ihnen besorgt hatte, war ordnungsgemäß angemeldet und hatte keine GPS-Anlage eingebaut. Juan kam zu dem Entschluss, dass die Agents nicht nur die Nummernschilder auswerteten, sondern auch die Insassen überprüfen ließen. Das schien ihm sehr wahrscheinlich zu sein. Jeder von ihnen war in der Datenbank der BÜTAS gespeichert und auf die Fahndungsliste gesetzt worden.

»Setz dich mit El Matador in Verbindung! Ich fahre nach Arcachon. Dort soll uns El Matador eine Yacht besorgen. Ich will von dort aus die Küste entlang, bis nach Royan. Dort sollen zwei Fahrzeuge für uns bereitstehen«, befahl Juan. Obwohl Nisha erstaunt über den Befehl war, holte sie ihr Notepad hervor und entwarf eine verschlüsselte Nachricht für El Matador. »Ich gehe davon aus, dass wir über das Mautsystem gesucht werden. Unser Fahrzeug ist zwar ordnungsgemäß angemeldet, aber wenn man Aufnahmen von uns gemacht hat und diese überprüft, wird man uns schnell finden«, ergänzte Juan, und Nisha sandte die Nachricht an El Matador ab.

Im Hauptquartier der Legión de la Libertad wurde hektisch an einem neuen Plan gearbeitet. El Matador und Loreena brüteten im Büro über eine Alternative und zerbrachen sich den Kopf dabei. Schließlich stimmte El Matador dem Plan von Juan zu. In Windeseile veranlassten er und Loreena, dass alle Wünsche von Juan ausgeführt wurden. Nur ausgewählte Personen, die sein vollstes Vertrauen besaßen, weihte er in die Pläne ein. In Frankreich befanden sich zahlreiche Quartiere der Legión, und die Anweisungen von El Matador und Loreena wurden umgehend ausgeführt.

Juan änderte wieder seinen Plan. Jetzt wollte er zwei Wagen in Arcachon übergeben bekommen. Die Yacht sollte von zwei Mitgliedern der Legión übernommen werden. Der Van sollte in Arcachon weggeschafft und beseitigt werden. Nisha gab die Befehle weiter. El Matador wunderte sich über die abrupte Änderung des Plans, fragte aber nicht nach und leitete sofort alles in die Wege. Er und Loreena kamen bei der Organisation ganz schön ins

Schwitzen, aber sie hatten alles im Griff, und die Änderung wurde zügig ausgeführt.

Es war mittlerweile 20:00, als Juan und seine Gruppe sich dem Ort Arcachon näherten. Er fuhr hastig durch die Straßen des kleinen Ortes und durchquerte ihn. Auf der schmalen Landstraße, die sich außerhalb des Ortes befand, hatte er die Übergabe der Fahrzeuge geplant. Juan schwitzte, trotz laufender Klimaanlage. *Es wird alles gut ausgehen*, sprach er sich Mut zu und hielt den Wagen an dem vereinbarten Treffpunkt an.

★

Es war spät am Abend. Boyles, Heester, Amato und Gazzara hatten eine Besprechung mit vier Agents einer Sonderabteilung, die für Kommunikationsüberwachungen zuständig waren. Es wurde heftig diskutiert, aber andere technische Möglichkeiten der Kommunikationsüberwachung, als die bisher angewandten Technologien, gab es nicht.

»Wir haben alle Telefonate ausgewertet und keine Ergebnisse erhalten«, gab ein Agent der Sonderabteilung von sich. »Wir müssen uns etwas gedulden! Irgendwann machen sie einen Fehler, und dann schlagen wir zu.«

Amato leitete die Besprechung, und ihm war bewusst, dass wirklich alles getan wurde, um die Flüchtigen zu fassen. Amato wollte gerade die Sitzung beenden, als das Handy von Boyles ertönte. Boyles griff nach seinem Handy, das vor ihm auf dem Schreibtisch lag.

»Agent Boyles«, meldete er sich.

»Hier ist Agent Carina Jawad von der Überwachungsstelle in Südfrankreich«, meldete sich eine helle, freundliche Stimme. Carina leitete eine Abteilung in Südfrankreich, die für die Überwachung mittels Mautsystem und Satelliten zuständig war. »Wir haben sämtliche Fahrzeuginsassen, die auf den Aufnahmen zu erkennen waren in unsere Datenbank überspielt und auf verdächtige Personen überprüfen lassen. Wir haben die Flüchtigen identifiziert«, sagte sie, und Boyles dachte, er hätte sich verhört.

»Sie haben die Flüchtigen gefunden?«, fragte er nach.

»Ja, wir haben sie auf der Autobahn bei Bayonne entdeckt. Auf den Aufnahmen sind Juan González, Nisha Nikolar, Will Freeman und Andy Garcia zu erkennen. Des weiteren befinden sich noch drei Personen in dem Fahrzeug, die wir aber nicht identifizieren konnten. Sie fahren einen Audi mit folgendem Kennzeichen ...«, fuhr Jawad fort, und Boyles machte sich auf seinem Notepad Notizen.

»Es gibt zwei Möglichkeiten, wohin die Flüchtigen fahren könnten. Entweder benutzen sie die Landstraße nach Bordeaux oder nach Mont-de-Marsan«, erklärte Jawad.

»Sie könnten aber auch kleinere Straßen benutzen«, sagte Boyles. Was ist mit der Autobahn, die nach Toulouse führt?«, fragte er.

»Diese Autobahn haben wir überprüft. Dort haben wir sie nicht entdeckt.«

»Gibt es auf den Landstraßen ein Mautsystem?«, erkundigte sich Boyles. Die anderen Agents verfolgten mit großer Spannung das Telefonat.

»Auf diesen beiden Landstraßen leider nicht«, sagte Jawad, »aber ich vermute sie sind nach Bordeaux gefahren«, ergänzte sie noch.

»Das denke ich auch. Wann haben sie Bayonne passiert«, wollte Boyles wissen.

»Um 16:07«, sagte Jawad. »Sollen wir Straßensperren errichten?«

»Nein, wir wissen jetzt, wo und mit welchem Fahrzeug sie unterwegs sind, und werden sie mit dem Satelliten aufspüren, und dann werden wir zuschlagen. Jetzt haben wir 21:00. Sie könnten schon bis Bordeaux gekommen sein. Dort gibt es wieder eine Autobahn mit einem Mautsystem. Heute ist unser Glückstag. Überprüfen Sie, ob der Wagen schon die Mautbrücke bei Bordeaux passiert hat, und geben Sie mir bitte Bescheid!«, sagte Boyles freudig, verabschiedete sich und trennte die Verbindung.

»Wir haben sie«, sagte Boyles kurz in die Runde und fragende Gesichter schauten ihn an. Boyles teilte seinen Kollegen die Neuigkeiten mit und veranlasste eine Satellitensuche nach dem flüchtigen Wagen. Amato informierte indessen die Abteilung der Agents in Frankreich, die sich in der Nähe von Bordeaux befand.

Boyles und seine drei Kollegen machten sich auf den Weg zu ihrer Limousine. Boyles wollte die Festnahme auf keinen Fall verpassen.

»Hoffentlich wird das Mautsystem bald auf allen Autobahnen und Landstraßen installiert, das würde unsere Arbeit wirklich sehr erleichtern«, wandte Gazzara ein, und Heester stimmte mit einem Nicken zu. Amato und sein Kollege setzten sich nach vorne. Amato lenkte die Limousine aus dem Parkhaus, und sie machten sich schleunigst auf den Weg nach Frankreich.

»Eine Runde Schlaf würde jetzt ganz gut tun«, gab Heester von sich, als der Wagen um 21:45 auf die Autobahn bei Bilbao fuhr.

★

Noch war niemand zu sehen, aber kurze Zeit später näherten sich zwei Fahrzeuge. Juan stieg aus und beobachtete die Gegend sehr aufmerksam. Die beiden Fahrzeuge, ein schnittiger Sportwagen von Renault und ein Geländewagen von Audi, parkten unmittelbar hinter dem Van. Die Türen der beiden Fahrzeuge öffneten sich, und zwei junge Männer stiegen aus. Sie kamen auf Juan zu und begrüßten ihn.

»Ich bin El Diablo, und das ist Bram Stoker«, stellte sich einer der Männer vor. Die anderen Insassen des Vans verließen den Wagen und gesellten sich zu den Neuankömmlingen.

Juan machte sie kurz miteinander bekannt und teilte sie den Fahrzeugen zu. »Nisha, Will, Andy und Janine, ihr fahrt mit dem Geländewagen. Ich, Andrea und Patrick werden den Sportwagen nehmen.«

»Ich werde den Van beseitigen«, sagte El Diablo. »Bram fahre ich vorher zur Yacht. Dort wartet ein Kollege von uns. Er hat vier Fahrgäste besorgt, und wir machen eine Touristenfahrt, die Küste entlang. Die Agents werden Augen machen, wenn sie die Yacht anhalten«, sagte El Diablo und lachte laut vor sich hin.

El Matador hatte den Plan etwas abgeändert und ließ Pepe eine falsche Information zukommen. Pepe erfuhr, dass sich die Flüchtigen auf der Yacht befanden und in Richtung La Rochelle unterwegs waren. Er hatte Pepe eine Falle gestellt und wollte herausfinden, ob er der Maulwurf war.

Die Uhr zeigte 21:30 an, als die Fahrzeuge sich fortbewegten. Es war dunkel geworden.

»Wenn wir gut vorankommen, haben wir in zwei Stunden unser Quartier in der Nähe von Bordeaux erreicht. Dort werden wir übernachten«, sagte Juan und lenkte den Sportwagen auf eine Nebenstraße, die nach Bordeaux führte. Nisha folgte dem Sportwagen von Juan in einem sicheren Abstand. Der Stützpunkt befand sich 50 Kilometer von Bordeaux entfernt, auf einem ländlich gelegenen, alten Weingut, das übrigens immer noch guten Wein produzierte.

★

Inzwischen war es genau 22:45, als Amato die Limousine über die Grenze nach Frankreich jagte. Die Autobahn war kaum befahren, und Amato fuhr mit einem Bleifuß.

Carina Jawad rief Boyles auf seinem Handy an. »Wir haben den Van entdeckt. Er fährt auf der Küstenstraße bei Arcachon in Richtung Biscarrosse.«

»Wir sind gerade über die Grenze nach Frankreich gefahren. Wie weit ist Biscarrosse von uns entfernt?«, fragte Boyles.

»Ich schätze mindestens drei Stunden«, bekam er als Antwort und überlegte.

»Wir sollten einen Hubschrauber einsetzen«, schlug Amato vor.

»Vier Agents von uns befinden sich in Labouheyre. Sie können sich mit ihren Fahrzeugen auf den Weg nach Biscarrosse machen«, empfahl Carina.

»Das ist sehr gut. Schicken Sie die Agents los, und fordern Sie zusätzlich einen Hubschrauber an!«, befahl Boyles über sein Handy. Amato jagte den Wagen weiter über die Autobahn.

»Wann werden wir in Biscarrosse landen?«, scherzte Heester.

»In etwa drei Stunden, wenn Amato uns nicht in den Graben fährt«, sagte Boyles und spielte auf die hohe Geschwindigkeit an, mit der Amato den Wagen über die Autobahn lenkte.

Es war genau 24:00, als Juan abbog und sich einem großen Tor näherte, das aus Gusseisen bestand und reichlich verziert war. Hinter dem beeindruckenden Tor, das mit sicherheitstechnischen Anlagen versehen war, erhob sich in der Ferne das gigantische Anwesen, umgeben von weiten Rasenflächen. Das Tor glitt geräuschlos zur Seite. Die Wagen setzten sich in Bewegung, und Juan fuhr eine Allee entlang. Nisha folgte ihm. Das Tor schloss sich automatisch. Sie fuhren auf ein riesiges, altes Gutshaus zu. Neben ihm befanden sich zwei weitere kleinere Häuser. Hinter dem Anwesen tauchten die Weinreben auf. Links von ihnen befanden sich zwei große, rechteckige Teiche. Einer von ihnen besaß einen kleinen Springbrunnen.

Juan steuerte auf den Eingang des großen Hauses zu. Er und Nisha hielten vor dem Eingang an. Eine weiße Treppe führte hinauf, und die Eingangstür öffnete sich. Ein älterer Mann mit grauen Haaren trat heraus. Er wurde von zwei Frauen begleitet. Sie schritten die Treppe hinab und gingen auf Juan zu, der gerade aus dem Wagen gestiegen war. Als sie bei Juan ankamen, hatten alle den Wagen verlassen. Juan und Nisha kannten Francois Girardon nur von den Geschichten, die El Matador ihnen oft erzählt hatte. Jetzt standen sie ihm persönlich gegenüber, und zwei reizende Damen begleiteten ihn. Es waren seine beiden Töchter Dorothea und Lydia. Dorothea war 25 Jahre jung, hatte langes, lockiges, braunes Haar und ein bezauberndes Lächeln, das sofort jedem ins Auge fiel. Lydia war zwei Jahre jünger als ihre Schwester, hatte kurzes, braunes Haar und war ein bisschen pummelig. Francois war der Leiter der Legión de la Libertad im Süden von Frankreich und besaß dieses alte Weingut. Seine Namensgleichheit mit dem berühmten französischen Bildhauer, der im 16. Jahrhundert lebte, war reiner Zufall. Francois war fast 60 Jahre alt, und er war mit dem Vater von El Matador sehr gut befreundet. Seine beiden Töchter unterstützten ihn, bei seinem Kampf gegen das Regime.

Als die Begrüßung und Vorstellung beendet war, ging Francois mit den Ankömmlingen in das Haus, und seine beiden Töchter kümmerten sich um die Fahrzeuge. Die kleine Gruppe betrat das Anwesen, das mehr an ein kleines Schlösschen als an ein Landhaus erinnerte. Auch die Inneneinrichtung des Anwesens war vom Edelsten. Die Gruppe staunte über die wundervollen Gemälde, die farbenfrohen Wände, die edlen Teppich- und Parkettböden.

»Eine Pause wird uns gut tun«, sagte Nisha erschöpft.

»Das dachten wir uns auch«, antworte Francois fröhlich. Er und seine Töchter hatten sich mit einem Mahl auf die Ankunft der Gruppe vorbereitet. Ein Essen bei einem guten Wein, das zu hören, freute jeden der Gruppe, und Francois führte seine Gäste in ein großes Esszimmer, das sie genüsslich betraten. Auf Wunsch von El Matador, hatte Francois allen Angestellten heute freigegeben und nach Hause geschickt.

★

Um 24:00 fuhren Boyles und seine Kollegen an Labouheyre vorbei. Es waren nur noch einige Kilometer, bis sie abbiegen mussten, um die Straße nach Biscarrosse zu nehmen. Wie ein Wahnsinniger raste Amato über die Landstraße und überholte

Pkw's und Lastwagen.

Zur gleichen Zeit hatten der Hubschrauber und die beiden Limousinen der Agents, aus Labouheyre, den See von Biscarrosse erreicht. El Diablo kam ihnen entgegen und ahnte sofort, dass es sich um Fahrzeuge der Europe-Agents handelte. Ein paar Sekunden vergingen, und die Fahrzeuge der Europe-Agents drehten, um die Verfolgung aufzunehmen. El Diablo fluchte und beschleunigte den Van. Die Agents fuhren ihm hinterher und informierten Boyles per Handy.

»Ich will die Insassen lebend haben!«, sagte Boyles nachdrücklich und fing an zu fluchen, da er so kurz vor dem Ziel war.

Ein Hubschrauber tauchte vor dem Wagen von El Diablo auf und schoss eine Salve auf ihn ab. Der Van wurde durchlöchert, und El Diablo verlor die Kontrolle über das Fahrzeug. Der Wagen schlitterte zur Seite und brach aus. Er überschlug sich mehrere Male auf der Straße und geriet in Brand. El Diablo öffnete vor dem Überschlagen die Fahrertür, die beim zweiten Überschlag abgerissen wurde. Er selber wurde aus dem Wagen geschleudert, bevor dieser in einer gewaltigen Explosion in die Luft flog. Die Agents, die sich in den Fahrzeugen befanden, schauten entsetzt zu. Die Zeit war zu kurz gewesen, und sie hatten es nicht geschafft die Befehle, die sie gerade von Boyles erhalten hatten, an den Piloten des Hubschraubers weiterzugeben.

Die Fahrzeuge der Agents hielten in einer sicheren Distanz an, und zwei Agents liefen zu El Diablo, der auf der Straße vor ihnen lag. Das Gesicht von El Diablo war blutverschmiert, und er lag regungslos auf dem Rücken. Die Agents stellten fest, dass er noch am Leben war und keine Schussverletzungen besaß. Sie forderten sofort einen Rettungshubschrauber an. Ein anderer Agent telefonierte unterdessen mit Boyles, der sich über diese Aktion gar nicht freute. Er erfuhr von dem Agent, dass sich nur ein Insasse in dem Van befunden hatte. Boyles fluchte wieder lautstark. Amato verließ gerade die Landstraße bei Liposthey und fuhr nach Biscarrosse.

»Die ganze Hetzjagd umsonst. Die Flüchtigen sind mit einem anderen Fahrzeug entwischt«, schrie Boyles fassungslos, »und dieser Haufen schießwütiger, hirnverbrannter Agents hat auf den Van gefeuert«, fluchte Boyles weiter. »Wie gut, dass wir eine Lizenz zum Töten haben«, ergänzte er noch sarkastisch.

Der Rettungshubschrauber traf ein, und El Diablo wurde schwerverletzt abtransportiert. Der Notarzt machte sich sofort an die Arbeit, denn es ging um Sekunden.

Als Boyles und die Agents um 00:30 am See von Biscarrosse eintrafen, war der Rettungshubschrauber auf dem Weg ins Krankenhaus. El Diablo würde überleben, das hatte der Arzt vor ein paar Minuten durchgegeben. Die Agents sahen sich die Unfallstelle genauer an und beschlossen in Labouheyre zu übernachten.

Erst am Morgen wollten sie mit der Suche nach den Flüchtigen fortfahren. Die Behörden und die Überwachungseinrichtungen waren über Nacht aktiv und würden ihre Arbeit fortsetzen.

Future-News:

Heute geriet ein Fahrzeug, aus noch ungeklärter Ursache, am See von Biscarrosse in Brand. Die eingetroffenen Europe-Agents ermitteln zur Stunde die Ursache des Unfalls. Der Fahrer überlebte schwerverletzt, und er wurde sofort mit einem Rettungshubschrauber ins nächste Krankenhaus geflogen.

8 Die Wahrheit

Es war früh am Morgen. Daniela wachte auf, sprang aus dem Bett und rannte zu ihrem Laptop, aber es war wieder keine Nachricht von Will in ihrem Postfach. Daniela machte sich beträchtliche Sorgen, griff zum Telefon und rief Carlos an. Auch Carlos hatte keine Nachricht von seinem Freund erhalten.

»Mach dir nicht so viele Gedanken, Daniela! Will wird bestimmt viel Arbeit haben«, versuchte er sie zu besänftigen. Daniela beendete das Gespräch, nahm eine Dusche und bereitete sich auf die Arbeit vor. Es klingelte an der Tür. Daniela fuhr vor Schreck zusammen. Um diese Uhrzeit erwartete sie niemanden. Es klingelte nochmals. Sie ging langsam zur Türsprechanlage und meldete sich. Auf dem Display der Anlage sah Daniela einen Mann und eine Frau.

»Ja, bitte«, meldete sich Daniela zögernd. »Was wollen Sie?«

»Wir sind Europe-Agents und haben ein paar Fragen an Sie. Wenn Sie uns freundlicherweise in unser Büro begleiten könnten«, sagte der Agent und hielt seinen Ausweis in die Kamera. Daniela wurde blass im Gesicht. *Europe-Agents, was wollen die von mir? Ob Will etwas zugestoßen ist? Aber dann würde die Polizei zu mir kommen.* Daniela beruhigte sich wieder.

»Ich komme herunter«, sagte Daniela, schnappte sich ihre Jacke und ihre Tasche und verließ die Wohnung. Die Agents waren erleichtert, dass alles reibungslos verlief.

»Ist etwas mit Will? Ist ihm etwas passiert?«, überfiel Daniela die Agents.

»Nein, Frau Lopez. Will geht es vermutlich gut. Wir haben nur ein paar Fragen an Sie, die Will Freeman betreffen. Wenn Sie uns bitte begleiten würden.«

Daniela folgte den Agents zu ihrem Wagen und stieg ein. *Vermutlich, hat der Agent gesagt*, schoss es Daniela durch den Kopf.

Auch Carlos Rodriges wurde von den Agents abgeholt, und auch er folgte den Agents anstandslos auf das Revier.

Boyles hatte am frühen Morgen einen Anruf getätigt und die Anweisung gegeben, Daniela und Carlos einem Verhör zu unterziehen. Das wollte er eigentlich schon längst durchgeführt haben, aber er und sein Kollege wollten unbedingt stichhaltige Beweise vorlegen, die sie bisher jedoch nicht gefunden hatten.

★

Juan und die Gruppe saßen mit Francois und seinen beiden Töchtern beim Frühstück. Es war ein großer, dunkelbrauner, aus schwerem Holz gefertigter Tisch, der reichhaltig gedeckt war. Die Wände waren weinrot gestrichen. Drei Bilder von Wassily Kandinsky und zwei Bilder von Jankel Adler, einem polnischen Maler, schmückten die Wände des Esszimmers. Wassily Kandinsky gilt als einer der frühesten Vertreter der abstrakten Kunst. 1910 entstand sein erstes abstraktes Aquarell, das als erstes rein abstraktes Gemälde überhaupt gilt. Jankel Adler schuf vorwiegend fantasievolle figürliche Kompositionen. 1933 lebte er in Frankreich. Juan sah sich die Bilder von seinem Platz aus interessiert an. In seiner Freizeit las er viel über die Malerei und besuchte oft Ausstellungen. An der Echtheit der Gemälde zweifelte er nicht. *Klasse! Einfach schön*, dachte er.

Francois fing ein Gespräch mit Juan an und erzählte ihm, wie die Bilder in seinen Besitz gekommen waren. Alle hörten Francois fasziniert zu, und kurz danach unterhielt sich jeder am Tisch. Im Hintergrund lief das Radio und spielte spanische Musik.

»Warum hat man mich beschattet?«, fragte Will in die Runde. Er sah aus, als hätte er eine unruhige Nacht hinter sich gehabt. Mit Sicherheit hatte er nicht allzu viel Schlaf gefunden.

»Willkommen im neuen Europa«, sagte Juan kurz.

»Es ist manchmal nur ein kleiner Verdacht nötig oder nur ein Fehlverhalten, das den Agents den Anlass gibt, eine Person zu überwachen«, erklärte Nisha, die neben Will saß.

»Das ist eine große Schweinerei. Nur weil irgendjemand einen Verdacht hegt, aber keinen Beweis hat, werden meine gesamten persönlichen Daten ausspioniert.« Will verstand die Welt nicht mehr. Er war wütend, und das zu Recht.

»Genieß dein Frühstück! Wenn du möchtest, schaut Hack-Man gleich mal nach, was die Agents in ihrer Datenbank über dich gespeichert haben«, sagte Nisha und schaute zu Juan, der ihr gegenüber saß. Juan zog die Augenbrauen hoch.

»Okay, ich versuch etwas herauszubekommen, aber jetzt frühstücke ich in Ruhe«, gab er von sich und trank seinen Kaffee.

Nisha schmunzelte, und die beiden Töchter von Francois lächelten. Sie saßen beide rechts von Juan.

»Wir haben ein hervorragendes Computersystem«, bemerkte

Dorothea und versuchte damit Juan zu ködern.

»Ich habe verstanden, meine Freunde. Ich hacke mich in das System der BÜTAS ein, nachdem ich meinen Kaffee getrunken habe«, sagte Juan.

Will war gespannt, was Juan für Informationen finden würde. Er aß hastig sein Baguette und trank seinen Tee.

Es war 8:00, und das Radio sandte gerade die Nachrichten. Die zweite Meldung, die der Sprecher verkündete, ließ alle am Tisch aufschrecken. Alle wussten sofort, dass es sich bei dem verunglückten Fahrer, um El Diablo handelte.

»Die Agents sind uns auf den Fersen. Verdammt!«, fluchte Juan, und gerade, als er diese Bemerkung von sich gegeben hatte, meldete sich das Handy von Nisha. El Matador war am anderen Ende der Leitung zu hören und versuchte das Gespräch neutral zu führen. Er musste sehr vorsichtig sein, falls die Leitung von den Agents überwacht wurde.

»Bis die Tage, meine Liebste«, sagte El Matador zu Nisha, nachdem sie ein paar Sätze gewechselt hatten. Durch El Matadors Bemerkung wusste Nisha, dass er noch eine verschlüsselte Information per E-Mail senden wollte.

»El Matador lässt dich grüßen, Francois. Er sendet uns gleich weitere Instruktionen per E-Mail«, sagte sie rasch.

»Die Europe-Agents wissen jetzt Bescheid, dass wir nicht im Van waren. Wenn El Matador Recht behält, werden sie die Yacht verfolgen. Hoffen wir das Beste!« Juan hörte sich deprimiert an. Schon wieder hat es einen Gefolgsmann der Legión erwischt.

Es war 8:00. Boyles und die anderen Agents saßen im Hotel beim Frühstück, als das Notepad von Boyles sich meldete. Boyles holte augenblicklich sein Notepad hervor und schaltete das Display ein. Rasch las er die Nachricht, die an ihn übermittelt wurde.

»Es ist eine Nachricht von unserem Agent, der bei der Legión de la Libertad eingeschleust wurde«, sagte Boyles leise.

»Was schreibt er?«, fragte Heester ungeduldig.

»Er hat sich längere Zeit nicht melden können, weil er in Llanes von einem Agent angeschossen wurde«, erklärte Boyles und sah Gazzara finster an. »Die Flüchtigen haben in Arcachon eine Yacht betreten und befinden sich auf dem Weg nach La Rochelle.«

»Worauf warten wir! Ich informiere die Küstenwache und einen Hubschrauber«, sagte Amato hastig und hatte schon sein Handy am Ohr.

»Aber der Hubschrauber soll nicht das Boot abschießen«, sagte Boyles gereizt. »Sie sollen das Boot nur auffordern zu stoppen, den Rest erledigen wir«, ergänzte Boyles, und Amato gab die Befehle von Boyles an die Behörden weiter. Dann verließen die Agents den Frühstücksraum, und in Windeseile saßen sie in ihrer Limousine und fuhren in Richtung Bordeaux. Vor Bordeaux wollten sie abbiegen und zur Küste fahren, um die Flüchtigen in Empfang zu nehmen.

Lydia führte Juan, Nisha und Will zu ihrer Computerstation, die sich in der Bibliothek des Hauses befand, während die anderen am Tisch sitzen blieben. Nachdem sie einen Flur entlanggeschritten waren, der an eine Ahnengalerie erinnerte, betraten sie durch eine weiße Holztür die Bibliothek. Sie war überwältigend, so groß wie ein Tanzsaal und mit einem braunen Parkettboden versehen. Tausende Bücher tummelten sich auf zwei Ebenen, und vier riesige Kronleuchter schmückten den Raum. In der Mitte der Bibliothek stand ein schwerer, dunkelbrauner Schreibtisch, auf ihn ging Lydia zu. Durch bunte, große Glasfenster fiel das Tageslicht in den Raum und erhellte ihn.

»Hier ist das gute Stück«, sagte Lydia und zeigte auf einen kleinen Tower, der neben dem Schreibtisch stand und kaum auffiel. Juan alias Hack-Man sah sich das Wunderwerk der Technik an. Es war das neuste Modell, das es auf dem Markt zu kaufen gab.

»Fantastisch«, gab Hack-Man von sich und setzte sich an den Schreibtisch. Er betätigte die Folientastatur, schloss Nishas Notepad an den Computer an und legte los. Will stand direkt hinter Hack-Man und schaute ihm über die Schulter. Gespannt verharrte sein Blick auf dem Monitor. Hack-Mans Finger wirbelten über die Folientastatur. Er ließ ein Programm laufen, das er mit Nisha entwickelt hatte und sich auf dem Notepad befand.

»Wollen wir doch mal sehen, was die Behörden über unseren bösen Will gespeichert haben«, scherzte Juan. Er war wirklich ein wahrer Profi auf seinem Gebiet. Computer waren sein Element. Zu ihnen fühlte er als Kind schon eine seelische Verbundenheit.

Die Zugangsdaten für den Zugriff auf die Datenbank der BÜTAS waren geändert worden, was auch nicht verwunderlich war. Auf jeden Fall lief die Anlage der Behörde wieder, nachdem Nisha und Maria dort ein Chaos angerichtet hatten. Juan kam ins Schwitzen, das bemerkte Will. »Ist wohl nicht so einfach, das System der Behörden zu knacken?«, fragte Will aufgeregt.

»Wir wollen doch nicht gleich die Flinte ins Korn werfen, oder?«, gab Juan von sich, und seine Finger huschten über die Tastatur hinweg.

»Wir sind im System«, sagte er plötzlich. »Mal sehen, wo haben wir denn unseren Will«, scherzte Juan, und kurze Zeit später erschienen die Daten von Will Freeman auf dem Bildschirm.

»Die Agents wissen ja alles von dir«, zog Nisha ihn auf, als sie die Daten auf dem Bildschirm betrachtete.

Will staunte ebenso, als er das Datenmaterial sichtete. Juan spielte ihm die aufgezeichneten Telefongespräche vor, zeigte ihm die kopierten E-Mails und staunte über Wills Buch, welches ebenfalls in der Datenbank der BÜTAS erwähnt wurde.

»Ich werde mal nachsehen, wo unser Will überall eingekauft hat«, sagte Hack-Man, und schon wurde eine Liste der Geschäfte angezeigt, bei denen Will mit seiner Kreditkarte bezahlt hatte. Juan ging ins Detail, und bei einigen Rechnungen waren die einzelnen Posten aufgeführt, die Will in diesem Geschäft eingekauft hatte. Will staunte und konnte es nicht fassen.

»Die Agents haben mich mit einem Verbrecher verwechselt. Sie halten mich für einen Terroristen«, suchte Will nach der Erklärung.

»Ausreden gibt es immer wieder, aber hinter dem ganzen System steckt viel mehr, als nur die Jagd auf Verbrecher. Es wird angestrebt die gesamte Bevölkerung einer Überwachung zu unterziehen«, schimpfte Juan. »Glaubst du denn, dass gewalttätige Organisationen nicht über Möglichkeiten verfügen, für die BÜTAS unentdeckt zu bleiben? Diese Arten von Organisationen wie Mafia, Terrorgruppen und viele andere Organisationen beschäftigen ihre eigenen Fachkräfte«, erklärte Juan, und mit einem Tastendruck kopierte er sämtliche Dokumente, welche in der Datenbank über Will zu finden waren. Er trennte die Verbindung, kopierte die Daten auf ein Speichermedium und übergab dieses an Will.

»Hier, für dich. Viel Spaß damit«, sagte Juan, als Will den Datenträger entgegennahm.

»Sollen wir nicht ein wenig die Datenbank der Behörde durcheinander bringen«, fragte Nisha vorsichtig.

»Ein anderes Mal, Nisha«, antwortete Juan und stand auf.

»Erst die Arbeit, dann das Vergnügen«, lächelte Nisha, und alle gingen wieder ins Esszimmer zurück.

»Ist die E-Mail von El Matador endlich angekommen?«, fragte Juan, während Will seinen Laptop vor sich auf dem Tisch stehen hatte und sich den Datenträger ansah, den Juan ihm überreicht hatte. Alle seine privaten E-Mails, Telefongespräche und privaten Dateien fand Will vor. Auch eine Verbindung zwischen ihm, Carlos und Daniela wurde von den Agents festgestellt. Aus Vermerken entnahm Will, dass die Behörde auch Daniela und Carlos im Visier hatte.

»Verfluchte Scheißkerle«, schimpfte Will laut.

»So kenne ich ihn ja gar nicht«, gab Nisha von sich.

»Die Behörden haben alle privaten Aufzeichnungen von mir in ihrer Datenbank gespeichert. Auch Daniela und Carlos werden von den Behörden überwacht. Sogar mein Roman wurde von dem Committee-of-Literature-Control an die Behörde übermittelt. Die wissen sogar, wann ich auf dem Flugplatz auf dem Klo gesessen habe«, empörte sich Will.

»Hast Glück, dass die Behörden dort noch keine Kameras installiert haben«, scherzte Dorothea und lächelte Will an. Aber zum Lachen war Will nicht zu Mute. Will war entrüstet, dass die Behörden sämtliche Daten von Personen in einer Datenbank zusammenfassten und damit die Privatsphäre aufs Gröbste verletzten.

Nisha entschlüsselte gerade die E-Mail von El Matador und gab den Inhalt wieder. »Eine Flucht mit unseren privaten Flugzeugen ist nicht mehr möglich, da auch kleinere Flugplätze überwacht werden. Wir sollen uns nach IIe d'Oléron begeben. Dort erwartet uns ein Schnellboot, das uns nach Irland bringen wird. Von Irland werden wir mit einem privaten Flugzeug nach Island gebracht.«

»IIe d'Oléron liegt doch in der Nähe von La Rochelle. Werden euch die Agents nicht auch dort suchen?«, fragte Francois verstört.

»El Matador hofft, dass die Agents die Yacht aufhalten werden und längere Zeit mit der Überprüfung beschäftigt sind«, erklärte Nisha. »Von Island aus fliegt eine Maschine nach Neuseeland.«

»Das könnte funktionieren«, sagte Francois.

★

Boyles fuchtelte mit seinem Notepad herum und durchforstete die Datenbank seiner Behörde nach Hinweisen. Er dachte gerade daran, dass inzwischen Daniela Lopez und Carlos Rodriges von den deutschen Kollegen verhört wurden.

Boyles befand sich mit seiner Truppe gerade auf der Autobahn in Richtung Bordeaux, als er eine Nachricht auf seinem Notepad erhielt. Er öffnete die E-Mail und las sie still. Er musste die Neuigkeiten verdauen, bevor er sie an seine Kollegen weitergab. *Ich hab es geahnt. Alles läuft nicht so, wie es laufen soll. Unsere Behörde ist nicht perfekt, und dafür hat sie zu viel Macht. Erschreckend, wenn man bedenkt, dass uns die Bevölkerung bei den Überprüfungen ausgeliefert ist. Dies erinnert mich irgendwie an die Zeit, als es die Mauer in Deutschland gab. Unsere Behörde bespitzelt ihre Bürgerinnen und Bürger, Daten werden über sie gesammelt und keiner bekommt wirklich mit, was bei der BÜTAS oder irgendeiner anderen Behörde des Staates wirklich geschieht. Wir leben in einem Überwachungsstaat, das lässt sich nicht mehr leugnen, und wenn Menschen diesen Staat freiwillig verlassen wollen, führen wir sie in Listen und geben ihnen den Namen Riskos. Wir verweigern ihnen die Ausreise in ein Land, das außerhalb der Vereinten Europäischen Union liegt. Irgendwie läuft etwas gewaltig schief.* Boyles wurde aus seinen Gedanken gerissen, als Heester ihn ansprach. »Was hast du für eine Nachricht bekommen?«

»Daniela und Carlos sind von den Behörden in Berlin verhört worden. Ihre Aussagen wurden überprüft und recherchiert. Sie sind unschuldig, Tom. Unschuldig!«, erklärte Boyles, und seine Kollegen hörten alle mit.

»Mist!«, kam es aus Heesters Mund.

»Das ist alles, was du zu sagen hast? Ist dir eigentlich bewusst, was wir angerichtet haben? Will Freeman ist ebenfalls unschuldig, Tom. Es läuft alles verdammt beschissen ab«, ärgerte sich Boyles. »Wir veranstalten eine Treibjagd auf einen Unschuldigen. Kommt dir das nicht bekannt vor? Denk mal an Berlin!«

Doch bevor Boyles die Nachricht erhalten hatte, las El Matador sie und gab diese an Nisha weiter. Auch die Legión de la Libertad hatte Spezialisten, die für sie arbeiteten, und einer von ihnen war Anthony LaPaglia, der die Nachricht an Boyles abfing, kopierte und an Boyles weiterleitete.

Amato und sein Kollege verfolgten die Unterhaltung, mischten sich aber nicht ein. Auch Amato wusste, dass die Behörde für die sie arbeiteten nicht perfekt war und Fehler machte. Er bremste das Fahrzeug ab und bog rechts ab. Dann fuhr Amato auf die Landstraße, die zur Küste führte. Gazzara telefonierte gerade mit seiner Abteilung.

»Wir haben die Yacht geortet. Die Küstenwache und der Hubschrauber sind dorthin unterwegs. Wir sollen an die Küste von Carcans-Plage fahren«, sagte Gazzara, und Amato nickte seinem Kollegen zu.

»Was ist in Berlin passiert?«, fragte Amato nach.

»Dasselbe, was hier passiert ist. Wir jagen einen Unschuldigen, stellen sein ganzes Leben auf den Kopf, sammeln Daten über ihn, spionieren ihn aus, und das alles im Namen des Gesetzes«, gab Boyles ärgerlich von sich.

»Das kann schon mal passieren«, erwiderte Amato.

»Kann schon. Darf aber nicht«, antwortete Boyles entrüstet.

Amato fuhr die wenig befahrene und schmale Straße entlang in Richtung Küste. Im Augenblick ging jeder seinen Gedanken nach und schwieg.

Wie gut, dass wir mit allen Mitteln überwachen dürfen. Aber sagt das mal dem armen Markus Lindner. Ob er auch der gleichen Meinung war?, zweifelte Boyles und wurde von seinem Kollegen in seinem Gedankenspiel unterbrochen.

»Was ist mit dem Geld, das Freeman besitzt?«, fragte Heester plötzlich nach.

»Nur geerbt, Tom. Freeman hat nur geerbt«, sagte Boyles leise und mit Nachdruck. »Lass ihn zufrieden! Er hat nichts verbrochen. Es gibt keine Verbindung zur Legión de la Libertad!«

»Wir brechen in einer halben Stunde auf!«, befahl Juan und wollte gerade die gemütliche Runde verlassen, als Nisha eine Meldung von El Matador erhielt.

»Die Agents haben herausgefunden, dass Will unschuldig ist. Sie haben Daniela und Carlos einem Verhör unterzogen und alle Aussagen überprüft«, sagte Nisha freudig und sah Will strahlend an. Will konnte sich aber nicht wirklich freuen. Zu groß war seine Wut über die Behörden, die sein Leben fast ruiniert hätten.

»Will, du bist ein freier Mann«, sagte Nisha. »Freu dich!«

»Bin ich das wirklich? Ein freier Mann?«, erwiderte Will.

»Ich werde nicht mit euch kommen, das ist klar. Ich muss zu Daniela zurück«, sagte Will entschlossen.

»Ich verstehe dich. Aber wir können dich erst gehen lassen, wenn die Operation erfolgreich beendet ist«, antwortete Juan.

»Nein sofort! Ich möchte euch helfen«, gab Will von sich und sah die erstaunten Gesichter seiner Zuhörer.

Will hatte in der kurzen Zeit einen Plan geschmiedet und teilte ihn seinen neuen Freunden mit.

»Es könnte funktionieren«, gab Francois von sich. Er war begeistert von Will und seinen Ideen. Gerne hätte er ihn für seine Organisation gewonnen.

»Dann los! Machen wir es so, wie Will es vorgeschlagen hat«, sagte Nisha begeistert und stand auf.

Francois Girardon und seine beiden Töchter halfen bei den Vorbereitungen. Dorothea holte einen Geländewagen von BMW aus der Garage und fuhr ihn vor den Treppenaufgang.

»Wow! Was für ein Wagen«, rief Juan und war hellauf begeistert. »Der kostet ein Vermögen«, sagte er noch.

»Wer fährt?«, fragte Nisha, und Juan sah sie bittend an.

»Okay, du fährst! Ich navigiere«, scherzte Nisha, und Juan freute sich wie ein kleines Kind. Es war auch ein Prachtstück von einem Auto. Juan konnte sich vor Begeisterung kaum zurückhalten. Am liebsten wäre er sofort die Treppe hinuntergelaufen und in den Wagen gesprungen. Aber er ging mit den anderen zusammen langsam die Treppe hinab und auf den Wagen zu. Hinter dem BMW parkte der Geländewagen von Audi, den Will fahren wollte. Der Audi war wesentlich kleiner als der BMW.

»Der Abschied naht«, sagte Will ein wenig betroffen. Er hatte die Menschen, die er kennen gelernt hatte, ein wenig in sein Herz geschlossen. Es waren gewiss keine Verbrecher, genauso wenig wie er einer war. Man verfolgte und jagte sie wie wilde Tiere.

»Mach es gut, Will«, sagte Janine, als die Gruppe vor dem BMW stand. Sie gab ihm eine zarten Kuss auf die linke Wange und stieg hinten in den BMW ein. Andy klopfte ihm auf die Schulter und folgte Janine. Der BMW hatte im hinteren Teil zwei Sitzbänke wie auch der Van von Audi, den sie vorher gefahren hatten. Andrea und Patrick sagten ebenfalls Lebewohl. Jetzt war Nisha an der Reihe und stand vor Will.

»Hab dich zuerst falsch eingeschätzt, Will. Bist ein prima Kerl«, sagte sie und küsste ihn. Will wurde verlegen. »Vayas con Dios, Will. Grüße Daniela von uns. Sie ist bestimmt eine tolle Frau.« Nisha ging auf den BMW zu, öffnete die Beifahrertür und stieg ein.

114

Juan boxte Will leicht in den Magen. Will zuckte zurück.

»Mach nicht so ein trauriges Gesicht, Will! Wir sind doch hier nicht auf einer Beerdigung. Wird schon alles gut gehen.«

»Wie kann ich Kontakt mit euch aufnehmen? Ich meine, wenn ich euch mal etwas schreiben möchte, oder ...«, stammelte Will, und Juan hielt ihm einen weiteren kleinen Datenträger vor.

»Auf diesem Datenträger befindet sich eine E-Mail-Adresse und ein Programm zum Verschlüsseln von Nachrichten«, erklärte Juan, und Will nahm den Datenträger freudig entgegen.

»Es gibt ein Sprichwort«, sagte Juan, »Lebe dein Leben, sei dir immer selbst treu, dann wird deine Seele den Frieden finden.«

Ich kenne ein paar Menschen, die so leben. Die meisten besitzen kein Geld, und den Seelenfrieden, den haben sie auch nicht gefunden, dachte Will, als Juan zum Wagen ging und einstieg.

Auf diesen Moment hatte Juan sehnlich gewartet. Er startete den BMW, ließ kurz den Motor aufheulen und fuhr los. Nisha winkte Will aus dem offenen Fenster kurz zu. Dann fuhr der Wagen die Allee entlang, dem Ausgang entgegen.

Will gab Francois die Hand. Dorothea und Lydia umarmten ihn kurz, dann ging Will zu seinem Fahrzeug, und auch er fuhr die Allee entlang und verließ das Anwesen durch das gewaltige Tor.

★

Drei Schnellboote der Küstenwache und ein Hubschrauber waren auf dem Weg, um die Yacht der Flüchtlinge abzufangen. Die Yacht machte keine Anzeichen einer Flucht. Im Gegenteil. Sie schipperte gemütlich vor sich hin. Auf ihr befanden sich sechs Personen. Bram Stoker, Bernd Walker und vier weitere Fahrgäste, die als gut betuchte Touristen mit auf dem Schiff fuhren.

Der Hubschrauber erreichte die Yacht, und die Schnellboote waren nur noch wenige Minuten entfernt. Boyles bediente sein Handy, und der Pilot des Hubschraubers meldete sich.

»Fordern Sie die Yacht auf, sofort zu stoppen, aber wenden Sie auf keinen Fall Gewalt an!«, befahl Boyles dem Piloten.

»Und wenn wir beschossen werden?«, fragte der Pilot.

»Dann lassen Sie sich beschießen! Ihr Hubschrauber ist schließlich schusssicher. Ihnen wird schon nichts passieren. Und außerdem glaube ich kaum, dass Sie einen Schusswechsel zu befürchten haben«, sagte Boyles. »Und behüte Sie Gott, wenn Sie diesmal gegen meinen Befehl handeln. Ich schwöre Ihnen, dann werde ich Ihnen höchst persönlich den Arsch aufreißen!«, drohte Boyles, als er erfuhr, dass es sich um den Piloten handelte, der auf den Wagen von El Diablo geschossen hatte.

»Okay, Sir. Keine Schießerei. Ich habe verstanden«, sagte der Pilot und kreiste über der Yacht.

»Warum willst du die Terroristen und Riskos unbedingt lebend fassen?«, fragte ihn sein Kollege, Heester.

»Hat schon mal ein Terrorist der Legión de la Libertad oder ein Risko auf einen Agenten geschossen?«, fragte ihn Boyles.

»Ja, im Hotel Carlton«, sagte Gazzara ärgerlich.

»Mit der Waffe eines Agents, um sein Leben zu verteidigen«, erwiderte Boyles beherrscht.

»Wurde sonst irgendwo auf einen Agent geschossen?«, fragte er weiter, aber von niemandem bekam er eine Antwort.

Boyles war sich nicht mehr sicher, ob er das Richtige tat. Er hatte damals einen Eid geleistet, das Vaterland gegen Terror und Verbrechen zu verteidigen. Aber alles war aus den Fugen geraten. Gegenwärtig jagte er Menschen, die im Sinn hatten ihr Leben in Freiheit zu führen und einen Schriftsteller, der unglücklicherweise durch eine fehlerhafte Überwachung in die Schusslinie geraten war. Und er jagte Menschen, die vom Staat als Terroristen eingestuft wurden, die aber eigentlich keine Terroristen waren, sondern nur Auswanderern zur Flucht aus der Vereinten Europäischen Union verhalfen. Boyles zweifelte an seinen Aufgaben, die er von der BÜTAS übertragen bekommen hatte.

»Halten Sie die Yacht an!«, befahl der Europe-Agent, und seine Stimme erklang über Lautsprecher, die auf die Yacht gerichtet waren. »Stoppen Sie sofort!«, befahl er wieder.

Bram Stoker stand am Ruder der Yacht, und Bernd Walker befand sich bei den vier Gästen auf dem Vorderdeck. Bram zögerte noch und fuhr langsam weiter. Drei Schnellboote tauchten auf, und auch sie hatten von Boyles den Befehl erhalten, keine Gewalt anzuwenden. Lebend waren die Flüchtlinge viel wertvoller für Boyles, als tot. Er hatte sich viele Fragen zurechtgelegt, die er brennend stellen wollte. Inzwischen hatte die Limousine die Küste erreicht. Die Agents waren aus dem Wagen gestiegen, standen vor dem Fahrzeug und warteten geduldig auf Nachricht ihrer Kollegen auf See.

»Stoppen Sie sofort die Yacht!«, schallte wieder eine Stimme aus dem Lautsprecher eines der Schnellboote.

Bram grinste und drosselte das Tempo. Die Yacht verlor an Geschwindigkeit, bis sie ruhig im Wasser lag. Die Agents im Hubschrauber beobachten die Passagiere auf der Yacht genau. Alle Bewegungen registrierten sie sorgfältig.

Boyles beschäftigte sich mit seinem Notepad, und Amato hielt über eine Konferenzschaltung die Verbindung mit seinem Handy zu dem Hubschrauber und zu den Schnellbooten aufrecht.

»Was ist los bei euch?«, fragte Amato.

»Die Yacht hat angehalten. Es gibt keine Anzeichen eines Widerstands«, sagte der Pilot.

»Lassen Sie die Schnellboote anlegen, und die Passagiere in Verwahrung nehmen!«, befahl Boyles. Amato hatte den Lautsprecher des Handys eingeschaltet, so dass seine Kollegen die Gespräche verfolgen konnten.

Ein Schnellboot näherte sich der Yacht und legte an. Fünf bewaffnete Agents stürmten auf die Yacht. Die Passagiere behielten die Ruhe und ließen den Dingen ihren Lauf.

»Was gibt es denn?«, rief Bram vom Ruder den Agents entgegen. Sein Grinsen verteilte sich über sein gesamtes Gesicht.

»Bleiben Sie stehen!«, befahl ein Agent, der zu Bram eilte.

»Bin ich etwa zu schnell gefahren?«, scherzte Bram und ließ die Agents ihre Arbeit erledigen. Nach zehn Minuten erklang eine Stimme aus Amatos Handy.

»Wir konnten keine Terroristen und Riskos entdecken. Auf der Yacht befinden sich nur Touristen, die einen Ausflug machen«, erklärte ein leitender Agent.

»Was?«, schrie Amato ins Handy.

»Es tut mir leid, aber es befinden sich nur Touristen an Bord«, wiederholte der Agent.

»Schlau eingefädelt«, gab Boyles leise von sich.

»Was machen wir jetzt?«, fragte Heester nervös.

»Die Yacht lassen wir weiterfahren und müssen mit unserer Suche nach den Flüchtigen neu beginnen«, antwortete Boyles.

»Glück muss man haben«, sagte Boyles plötzlich.

»Glück?«, fragte Gazzara, als Boyles sein Notepad bediente.

»Unsere Behörde hat Aufnahmen von Überwachungssatelliten rings um die Unfallstelle des Audis ausgewertet, und zwei Wagen entdeckt, in dem unsere Flüchtlinge umgestiegen sind. Leider haben diese Fahrzeuge keine GPS-Sender an Bord, aber wir haben die Nummernschilder ...«, erklärte Boyles seinen Kollegen.

»Wurden diese Fahrzeuge mit dem Satelliten verfolgt?«, unterbrach Gazzara den Vortrag.

»Nein, leider nicht. Das wäre zu viel des Glücks gewesen. Aber ein Wagen wurde gerade auf der Autobahn nach Toulouse entdeckt«, die Agents wurden hellhörig. »Es ist ein Geländewagen von Audi, der gerade an Langon vorbeigefahren ist«, gab Boyles freudig von sich. »Es ist Mittag. Wenn wir jetzt losfahren, und den Wagen aufhalten lassen, können wir gegen 15:00 bei ihm sein«, erklärte Boyles, und die Agents eilten zu der Limousine. »Halt!«, schrie Amato plötzlich. »Wir fliegen mit dem Hubschrauber!«, schlug er vor, und sofort beorderte er den Hubschrauber, der sich vor der Küste befand, zu ihnen hin.

»Der Copilot kann die Limousine wegfahren, und wir nehmen den Hubschrauber, dann sind wir wesentlich schneller vor Ort«, schlug Amato vor, und sein Vorschlag wurde durchgeführt. Der Hubschrauber landete, nahm die Agents auf und hob ab. Der Audi sollte erst gestoppt werden, wenn sich die Agents mit dem Hubschrauber bei ihm befanden.

El Matador lief schnaufend durch die Station wie ein wilder Stier.

»Wo ist Pepe? Ich breche ihm sämtliche Knochen im Leib und schicke ihn in Einzelteilen zu seinen Kollegen zurück«, rief er wütend und wurde von den Blicken seiner Leute verfolgt.

Pepe befand sich zurzeit auf der Krankenstation und wurde von Richard untersucht. Loreena war bei ihm und hoffte immer noch darauf, dass El Matador mit seinen Vermutungen Unrecht behielt.

»Loreena, ich muss dir etwas gestehen«, fing Pepe ein Gespräch an und traute sich nicht, Loreena in die Augen zu blicken. »Ich habe über sehr vieles nachgedacht, und ich glaube, ich habe einen schweren Fehler begangen.« Pepe machte eine Pause.

»Soll ich euch alleine lassen?«, fragte Richard, denn er dachte, die beiden wollten etwas persönliches zwischen sich klären.

»Nein, du kannst hier bleiben, Richard«, sagte Pepe frustriert. Loreena stand vor Pepe, der auf der Liege saß und von Richard untersucht wurde. Richard hatte sich die Wunden angesehen und stellte fest, dass alles sehr gut verheilt war.

»So, ich bin fertig. Du kannst dein Hemd wieder anziehen«, sagte Richard, und Pepe griff nach seinem Hemd. Als er es zuknöpfte, gestand er Loreena seine Tat.

»Loreena, es tut mir wirklich leid. Ich bin ein Europe-Agent und habe eben deine Freunde verraten. Du musst sie sofort warnen, sonst sind sie in großer Gefahr. Meine Kollegen sind auf dem Weg zur Yacht«, sagte er mit gesenktem Blick.

»Warum erzählst du mir das, Pepe?«, fragte ihn Loreena mit gedämpfter Stimme. Pepe wunderte sich, warum sie nicht ausrastete. Richard war von dieser Nachricht schockiert und schrie Pepe an. »Was? Du Schwein!«, fluchte er laut.

»Gib Ruhe!«, befahl Loreena. »Warum nur?«, fragte sie leise und sah Pepe mit ihren wundervollen Augen an.

»Ich bin ein Agent! Darum!«, warf er ihr an den Kopf.

»Ich meine, warum beichtest du mir dieses Geheimnis?«, fragte sie besonnen.

»Ich habe dir schon gesagt, dass ich über vieles nachgedacht habe. Ich finde es ist falsch, was im Augenblick geschieht. Bevor ich euch alle kennen lernte, habe ich eine ganz andere Vorstellung von euch und eurem Kampf gehabt. Ich schäme mich für meinen Verrat an euch. Du musst sofort El Matador informieren, bevor es zu spät ist! Schnell, beeil dich!«

»El Matador weiß schon über alles Bescheid«, sagte Loreena und schaute in das verwunderte Gesicht von Pepe.

»Er weiß alles über mich?«, wunderte sich Pepe.

»Er vermutete etwas und hat schon vorher gehandelt«, sagte sie.

»Dann wird alles gut«, sagte Pepe erleichtert.

»Nichts wird gut!«, hörte er die zornige Stimme von El Matador, der gerade in die Krankenstation hereinkam und wutschnaubend auf Pepe zulief.

»Halt!«, schrie Loreena, als El Matador kurz vor ihr und Pepe stand. Loreena stellte sich zwischen Pepe und El Matador.

»Pepe hat mir alles gestanden«, ihre Worte klangen laut. El Matador verzog zornig sein Gesicht. »Dann kommt seine Beichte ein wenig zu spät. Die Europe-Agents haben gerade die Yacht gestoppt«, erklärte er, und Loreena hatte Angst, dass El Matador unüberlegt handeln könnte. Ihre Sorge galt Pepe, in den sie sich dummerweise verliebt hatte. El Matador hielt ein und ließ sich von Loreena und Pepe die ganze Geschichte erzählen. Als das Adrenalin in El Matadors Blut langsam wieder sank, verschwand der zornige Ausdruck in seinem Gesicht.

»Wir haben glücklicherweise vorgesorgt«, sagte er und sah Loreena fest in die Augen. Seine Augen funkelten, als er überlegte. El Matador gab kein einziges Wort mehr von sich, kehrte Pepe und Loreena den Rücken zu und verließ die Krankenstation. Kurz vor der Tür drehte er sich wieder um.

»Komm gleich in mein Büro, Loreena! Wir haben noch einen Plan auszuarbeiten. Wenn du Pepe vertraust, bring ihn mit. Wir könnten seine Informationen gut verwenden, um unsere Leute ins Ausland zu schaffen«, sagte er und überließ Loreena die Entscheidung. Nachdem Pepe ein Geständnis abgelegt hatte, vertraute Loreena ihm wieder. Richard verfolgte das Gespräch, und sein Blick musterte Pepe. Pepe fühlte sich nicht wohl in seiner Haut.

»Komm, wir gehen!«, sagte sie fest entschlossen zu Pepe. Bevor sie die Krankenstation verließen, wandte Pepe sich Richard zu.

»Es tut mir aufrichtig leid, Richard«, sagte Pepe mit gedämpfter Stimme und wartete auf eine Antwort von ihm. Richard stand stumm da. Das verlorene Vertrauen musste sich Pepe erst wieder verdienen.

»Komm, Pepe! El Matador wartet auf uns.«

Loreena verließ mit Pepe die Krankenstation und machte sich auf den Weg zu El Matador.

★

Der Geländewagen von BMW hatte die Umgebung von Bordeaux verlassen und fuhr über die Landstraße in Richtung Saintes. Nisha gab gerade ihre Position an El Matador durch.

Will fuhr indessen auf der Autobahn in Richtung Toulouse und dachte über vieles nach. Über sich und seine Zukunft, über Daniela und über sein Buch. Die Erlebnisse der letzten Tage gingen ihm ebenfalls durch den Kopf.

Ist alles nur eine Lüge, worauf das Regierungssystem aufgebaut ist? Wird daraufhin gearbeitet, den Menschen eines Tages total zu überwachen? Warum griffen die Datenschutzbeauftragten nicht ein? War ihre Macht schon gebrochen? Wenn ich zu Hause bin, muss ich mit Daniela und Carlos einiges besprechen.

Will passierte gerade das Autobahnstück bei Marmande, als er hinter sich einen Hubschrauber im Rückspiegel sah. Sein Gefühl sagte ihm, dass es sich um einen Hubschrauber der Europe-Agents handelte. Will fuhr in Seelenruhe weiter. Der Hubschrauber näherte sich schnell.

Kommt nur her! Ihr Schakale!, dachte Will, als der Hubschrauber hinter ihm herflog.

»Denken Sie dran! Ich will keine Schießübungen von Ihnen sehen«, ermahnte Boyles den Piloten. Der Pilot nickte und konnte nicht nachvollziehen, warum Boyles die Terroristen am Leben lassen wollte, aber er hatte eine klare Anweisung von Boyles erhalten und führte sie aus.

»Halten Sie den Wagen an!«, dröhnte eine Stimme über Lautsprecher. »Fahren Sie mit dem Geländewagen rechts auf den Seitenstreifen!«

Will reagierte nicht sofort und fuhr weiter. Dann öffnete er das Seitenfenster und gab mit seiner linken Hand ein Zeichen.

»Er will auf uns schießen«, sagte der Pilot aufgebracht.

»Uns wird in Ihrem Hubschrauber schon nichts geschehen«, belächelte Boyles den Piloten.

Was habt ihr vor?, dachte Boyles und beobachtete den Wagen und dann sah er, dass der Fahrer keine Waffe in der Hand hielt, sondern Zeichen gab. Boyles erkannte, dass ein Stück weiter ein Rastplatz kam, und er glaubte, der Fahrer wollte dies mit seinen Handzeichen signalisieren.

»Folgen Sie dem Fahrzeug! Ich glaube er will auf den Rastplatz fahren«, sagte Boyles zu seinen erstaunten Kollegen. Boyles beobachtete intensiv das Fahrzeug, und er war erleichtert, als der Fahrer blinkte, die Spur wechselte und auf den Rastplatz fuhr.

»Glauben Sie im Ernst, die Terroristen werden sich ergeben?«, fragte der Pilot, und Heester schloss sich diesen Befürchtungen an.

Der Audi fuhr auf den Parkplatz, der für Pkws bestimmt war. Will suchte sich einen Parkplatz aus und stellte den Wagen ab. Der Hubschrauber kreiste über dem Geländewagen und suchte eine Landemöglichkeit. Die Aktion wurde von vielen Augenpaaren verfolgt. Der Parkplatz war groß genug und nicht überfüllt, so dass der Hubschrauber landen konnte.

»Seien Sie vorsichtig! Wenn Sie aussteigen, gibt es keinen gepanzerten Hubschrauber mehr«, sagte der Pilot, als Boyles die Tür des Hubschraubers öffnen wollte. Boyles zögerte, gab aber trotz der Warnungen seiner Kollegen nach. Er öffnete die Tür und stieg aus. Der Hubschrauber war ungefähr zwanzig Meter von dem Audi entfernt gelandet.

»Ich gehe allein! Wenn ich im Unrecht war, und die Legión doch Waffen einsetzt, dann wissen Sie, was zu tun ist«, sagte Boyles zu seinen Kollegen und betrat den Parkplatz. Boyles war nicht wohl bei dem Gedanken, ungeschützt den Terroristen ausgeliefert zu sein. Die Tür des Audis schwang auf, und Boyles tastete nach seiner Waffe.

Will verließ das Fahrzeug. »Bin ich froh Sie zu sehen«, rief Will dem Agent entgegen. Boyles war im Augenblick verstört. Niemand sonst verließ den Wagen. Boyles griff nach seiner Waffe.

»Ich bin Will Freeman«, rief er hinüber.

»Bleiben Sie stehen!«, sagte Boyles. »Ist sonst noch jemand im Fahrzeug?«, fragte er.

»Nein. Ich bin allein«, bestätigte Will. Boyles winkte seinen Kollegen zu. Heester und Gazzara näherten sich dem Audi, während Amato beim Hubschrauber stehen blieb.

»Er ist allein«, rief Gazzara, als er in den leeren Audi blickte.

»Sagte ich doch schon«, gab Will verärgert von sich. Boyles ging auf Will zu.

»Es hat sich alles aufgeklärt. Wir wissen, dass Sie unschuldig sind«, sagte Boyles etwas verlegen.

Das Gesicht habe ich schon mal gesehen, dachte sich Will, und nun fiel es ihm wieder ein. Will schwieg für einen Moment.

»Sie sind der Legión de la Libertad entkommen?«, fragte Boyles misstrauisch.

»Ja. Es war gar nicht so einfach ihnen den Wagen zu stehlen«, gab Will an. Boyles Blick verriet, dass er Will nicht glaubte. Amato verließ seinen Platz und ging zu Boyles. Heester und Gazzara untersuchten den Wagen auf Hinweise. Der Pilot rief währenddessen nach Verstärkung, da der Hubschrauber sie nicht alle aufnehmen konnte.

»Warum sind Sie nicht sofort zur Polizei gefahren?«, fragte Amato dazwischen, und sein Gehirn suchte nach einer Erklärung. Boyles Blick durchdrang Freeman. Freeman war wie ein offenes Buch für ihn.

»Lassen Sie ihn in Ruhe, Amato! Wir nehmen Freeman mit aufs Revier und nehmen ein Protokoll auf«, sagte Boyles plötzlich.

»Was wird aus den Flüchtlingen?«, fragte Amato hastig.

»Nach ihnen müssen wir weiter suchen«, antwortete Boyles kurz, und Will wundertet sich über das Verhalten des Agents. Will hatte sich ausgemalt, dass man ihn jetzt intensiv verhören, ihm

Daumenschrauben anlegen und wer weiß noch, was alles mit ihm anstellen wollte. Boyles unterließ es weiter nachzuhaken. Er dachte sich seinen Teil und wollte Will nicht weiter quälen.

★

Will verschaffte Juan und der Gruppe einen beträchtlichen Vorsprung. Sie hatten gerade Saintes passiert und fuhren auf der Landstraße nach Ile d'Oléron.

»Warst du schon mal in Saintes?«, fragte Nisha und betätigte gleichzeitig ihr Notepad.

»Nein, noch nicht. Warst du schon mal dort?«, fragte Juan.

»Vor vielen Jahren. Die Altstadt finde ich sehr reizvoll. Dort sind noch viele Häuser aus dem 17. und 18. Jahrhundert erhalten geblieben, und das Amphitheater ist einfach gigantisch«, schwärmte Nisha. »20.000 Zuschauer passen dort hinein.« Juan zeigte sich interessiert und fragte Nisha über Saintes aus. Die Unterhaltung verlief noch eine geraume Zeit lang.

»Wenn keine Hindernisse auftreten, sind wir in einer guten Stunde am Ziel«, sagte Juan als sie Cadeuil passierten. Das freute die Insassen des Fahrzeugs. Noch eine Stunde, dann würden sie in Sicherheit sein.

»Was hast du vor, wenn du in Neuseeland bist, Andy?«, fragte Nisha und drehte sich zu ihm um.

»Ich möchte als Reporter für eine unabhängige Zeitung arbeiten. Einer eurer Mittelsmänner hat mir in Neuseeland auch schon eine Arbeitsstelle besorgt«, sagte er stolz.

»Hört sich spannend an, und du Janine?«, fragte sie weiter.

»Ich werde für eine Behörde arbeiten, die sich um den Datenschutz ihrer Einwohner kümmert«, lächelte sie stolz, »und schön daran ist, dass diese Behörde noch Einfluss ausüben kann, um die Daten ihrer Bürgerinnen und Bürger zu schützen.«

Nisha beobachtete das Display ihres Notepads. Gerade wollte sie Janine noch etwas fragen, als eine Nachricht von El Matador eintraf. Nisha ließ die Nachricht dekodieren und freute sich.

»Ein Schnellboot hat gerade vor Ile d'Oléron geankert und wartet auf uns. Die Europe-Agents haben Will entdeckt und mitgenommen«, verkündete Nisha. »Und wir haben einen Agent unter uns, der auf unserer Seite steht.«

»Ein Agent? Wer ist es?«, fragte Juan erstaunt dazwischen.

»Es ist Pepe«, sagte Nisha kurz. »Wir sollen vorsichtig fahren, um nicht aufzufallen. Das Flugzeug steht schon bereit und wartet in Irland auf uns.«

»Das sind doch mal gute Neuigkeiten«, freute sich Patrick.

»Meinst du Will wird uns verraten, Juan?«, fragte Nisha mit einem Zweifel in ihrer Stimme.

»Er wird den Agents bestimmt nichts über uns berichten.«

»Hoffen wir, dass du Recht behältst.«

»Ganz bestimmt«, sagte Juan zuversichtlich. Er glaubte, dass er soviel Menschenkenntnis besaß. Alle waren erleichtert, und die Freude war groß. Doch Juan mahnte zur Besonnenheit, denn noch hatten sie ihr Ziel nicht erreicht. Andy stimmte ein Lied an, und schon bald sang jeder mit.

Wir sind frei, wir sind stark, wir sind klug.
Wir gehen fort, vertrieben aus unserem eigenen Land,
das ist ein Fluch.
Wir machen uns auf, damit die Welt erfährt,
was hier sich tut.
Wir sind frei, wir sind stark, wir sind klug.
Freiheit, Freiheit, diese wünsch ich mir.

Das Boot wartete auf die Auswanderer, an einem einsamen Sandstrand vor IIe d'Oléron, die nach Korsika die zweitgrößte Insel Frankreichs war. IIe d'Oléron war ein wahrhaft schönes Fleckchen Land mit einem mildem Klima. Es besaß weiße, hohe Dünen und schöne Strände. Gelegentlich traf man auf eine Steilküste. Die Insel war von weiten Eichen- und Kiefernwäldern überzogen. Sogar Wein wurde auf der Insel angebaut. Der BMW näherte sich unaufhaltsam seinem Ziel, und die Insassen sangen weiter Lieder über Freiheit, Menschenrechte und gegen Gewalt.

Future-News:
Heute wurde Will Freeman befreit, der von der Legión de la Libertad als Geisel gehalten wurde. Bei der Aussage von Freeman stellte sich heraus, dass sich die Terroristen vermutlich nach Deutschland absetzen wollen. Die Fahndung nach ihnen läuft weiter auf Hochtouren. Die Polizei und die Europe-Agents bitten um Ihre Mithilfe.

9 Die Freiheit

Will Freeman wurde aus dem Verhör entlassen. Er befand sich in der Kantine der BÜTAS und trank einen Kaffee. Ein Agent begleitete ihn. Will wartete auf einen Fahrer, der ihn in ein Hotel bringen sollte. Am nächsten Morgen sollte ein Agent ihn zum Flugplatz nach Bordeaux fahren, von dort sollte er dann mit einer Sondermaschine nach Hause geflogen werden.

Mittlerweile war es 17:00 geworden, und die Suche nach den Flüchtlingen hatte immer noch keinen Erfolg gebracht. Die Agents Mark Boyles, Tom Heester, Paul Amato und Stephen Gazzara saßen in einem Büro zusammen, und eine heftige Diskussionsrunde wurde entfacht.

»Will Freeman lügt. Davon bin ich überzeugt. Die Gruppe befindet sich nicht auf dem Weg nach Deutschland«, sagte Gazzara heftig und schimpfte darüber, dass Boyles ihn aus dem Verhör entlassen hatte.

»Was willst du denn noch von Freeman? Ich denke wir haben dem Mann genug Unrecht angetan«, sagte Amato erbost. Er stand auf Boyles Seite und gab ihm Rückendeckung.

»Es werden die Autobahnen und Flughäfen überwacht, Satelliten spähen die Umgebung aus, Telefongespräche und E-Mails werden ausgewertet. Mehr können wir im Moment nicht tun«, sagte Boyles nachdrücklich.

»Können wir nicht, oder wollen wir nicht?«, fragte Gazzara.

»Sei vorsichtig mit deinen Bemerkungen«, fuhr ihn Amato an.

Heester war schweigsam und in sich gekehrt.

»Du sagst überhaupt nichts, Tom. Was ist los?«, fragte ihn Boyles und wartete auf seine Antwort.

»Ich denke nach. Es bringt überhaupt nichts, wenn wir uns gegenseitig an die Kehle gehen«, sagte er schließlich.

»Ich vermute, dass die Flüchtlinge das Fahrzeug gewechselt haben und Freeman uns ablenken wollte«, sagte Heester, »und ich nehme weiter an, dass der Weg nach Deutschland zu weit ist, um unerkannt an ein Ziel zu gelangen. Und außerdem, was wollen die Flüchtlinge in Deutschland? Fliehen?« Die Gruppe schwieg und schaute zu Heester hinüber.

»Okay, dann fahr mal mit deinen Vermutungen fort«, forderte Boyles ihn auf.

»Zurück nach Nordspanien sind sie nicht gefahren, nehme ich schwer an. Auf der gleichen Strecke, die Freeman unterwegs war, finden wir sie garantiert nicht ...«

»Warum nicht?«, fragte Gazzara dazwischen.

»Ein zu großes Risiko. Wohin sollten sie also fahren? Ich denke sie sind zur Küste zurück und versuchen mit einem Boot zu entkommen. Wir sollten die gesamte Küste von Biarritz bis nach La Baule mit unserem Satellitenüberwachungssystem kontrollieren. Alle Schiffe und Boote sind mit einer GPS-Anlage ausgestattet, dadurch lassen sich die Daten jedes Schiffes abfragen und somit sein Halter ermitteln. Es ist zumindest ein Versuch wert. Erhalten wir verdächtige Daten, können wir das verdächtige Schiff genauer beobachten, und mit Nahaufnahmen von unserem Satellitensystem, werden wir die Passagiere der Schiffe ermitteln können«, erklärte Heester.

»Das ist eine gute Idee«, sagte Gazzara, »und falls wir ein Schiff ohne GPS-Anlage entdecken und sich die Daten des Schiffes nicht ermitteln lassen, haben wir sie vielleicht«, stellte Gazzara fest, »und ansonsten haben wir garantiert einen anderen Kriminellen gefasst.«

Boyles und Amato leiteten die Aktion ein und informierten die zuständigen Behörden. Sofort wurden die Satelliten auf den Küstenabschnitt ausgerichtet und suchten nach allen Schiffen, die sich vor der Küste Frankreichs befanden.

»Ich will, dass von allen Personen, die sich auf verdächtigen Schiffen oder Booten aufhalten, Aufnahmen gemacht werden. Alle verfügbaren Daten dieser Personen sollen in unsere Datenbank überspielt und ausgewertet werden. Ich will außerdem wissen, ob jemand als Tourist oder als Geschäftsmann unterwegs ist!«, sagte Boyles zu dem Leiter der Überwachungszentrale.

»Sämtliche Daten?«, fragte der Leiter nach.

»Ja, sämtliche verfügbaren Daten. Angefangen vom Wohnort, Beruf, Bankverbindungen, Aufenthalte außerhalb der VEU, alles was Sie über diese Personen herausfinden können. Wir haben einen Code Red 1 vorliegen«, antwortete Boyles selbstbewusst, und seine Befehle wurden umgehend ausgeführt.

Alle Schiffe die vor dem Küstenabschnitt unterwegs waren, wurden von dem Überwachungssystem erfasst, und verdächtige Personen wurden in die Datenbank der BÜTAS aufgenommen. Sofort begann man mit der Auswertung dieser Datenmengen, doch der Erfolg blieb im Augenblick aus.

»Was machen wir mit Freeman? Wir sollten ihn hier behalten und weiter verhören«, sagte Gazzara, nachdem Boyles und Amato mit den zuständigen Behörden alles abgeklärt hatten.

»Freeman wird Morgen nach Hause fliegen! Wir können ihm gleich noch ein paar Fragen stellen, wenn du darauf bestehst«, sagte Boyles unbeirrt, und auch Amato stimmte dem zu.

»Wir können Freeman ins Hotel fahren, Gazzara«, sagte Amato zu seinem Kollegen, »dann kannst du deine Fragen loswerden.«

Gazzara war mit diesem Vorschlag einverstanden.

Juan fuhr langsamer und stoppte den BMW. Sie hatten die Küste von IIe d'Oléron erreicht und hielten nach dem Schnellboot Ausschau. Es war ein großes Boot und an die 10 Meter lang. Am Heck war ein kleines Rettungsboot befestigt, das zu Wasser gelassen wurde. Die Besatzung bestand aus zwei Männern. Der Kapitän wollte kein Risiko eingehen und ließ seine Passagiere mit dem Rettungsboot abholen. Es wäre fatal, wenn sich das Schnellboot in Strandnähe festsetzen würde. Es war ein einsames Stück Strand, wo sich zurzeit niemand aufhielt, der sie hätte beobachten können.

Das kleine Rettungsboot näherte sich dem Strand.

»Hallo. Ich bin Chester. Freiheit mit euch«, begrüßte er seine Gäste.

»Freiheit auch mit dir«, erwiderte Nisha.

»Juan und Nisha, ihr kommt auch mit uns«, sagte Chester.

»Wir? Warum?«, fragte Juan.

»Wir erwarten eine Nachricht von El Matador, dann wird sich alles weitere klären«, sagte er.

Juan, Janine und Andy betraten das kleine Boot, und es brachte sie sicher auf das Schnellboot. Nisha, Andrea und Patrick mussten sich etwas gedulden. Nicht für alle war auf dem kleinen Boot Platz.

»Es hat nur ein Rettungsboot«, sagte Patrick. »Hoffentlich geht das Schiff nicht unter«, lästerte er.

»Es gibt noch Rettungsringe«, lächelte ihn Nisha an.

Das kleine Boot legte wieder ab und näherte sich dem Strand.

»Was wird aus dem BMW?«, fragte Patrick.

»Er wird von einen unserer Gefolgsleute abgeholt«, klärte ihn Nisha auf. »Darüber brauchen wir uns nicht den Kopf zu zerbrechen.«

Das Boot legte an, nahm die Gäste auf und brachte seine Fracht sicher ans Ziel. Auf dem Schnellboot wurden sie von dem Kapitän begrüßt. Er hatte einen grauen Bart, und um seine Augen herum hatten sich viele Falten gebildet. Sein Alter war schwer zu schätzen. Er musste ungefähr Mitte fünfzig sein.

»Seid Willkommen, auf dem Weg in ein neues Leben. Mein Name ist Landolf«, sagte er bedächtig mit dunkler und fester Stimme.

»Wir fahren gleich los. Ich warte noch auf eine Nachricht von El Matador«, sagte Landolf, und schon meldete sich Chester und kam mit einem Laptop angelaufen.

»El Matador hat geantwortet«, kam es von Chester.

»Ich hoffe die Nachricht ist verschlüsselt und nicht auf direktem Weg versendet worden«, sagte Nisha bekümmert.

»Wir sind ja keine Amateure«, warf ihr Landolf an den Kopf und fühlte sich ein wenig verletzt. Landolf starrte gebannt auf das Display.

»Was schreibt El Matador?«, wollte Juan endlich wissen.

»Du und Nisha fahren mit uns nach Irland, und anschließend fliegt ihr nach Island. Von dort aus geht es für euch nach Australien, bis Gras über die ganze Aktion gewachsen ist. El Matador besorgt euch neue Identitäten, und nach ungefähr einem Jahr könnt ihr zurückkehren«, erklärte Landolf. Nisha missfiel dieser Befehl. Sie suchte verzweifelt nach einer anderen Lösung. Landolf fuhr nach einer kleinen Pause fort. »In Australien, in Sydney, befinden sich zwei Büros von uns. Es wird euch dort bestimmt gefallen«, sagte Landolf, drehte sich um und ging ans Ruder. Er startete das Boot und fuhr langsam los.

»Ich werde dich vermissen«, flüsterte Nisha, und eine Träne kullerte ihre Wange hinab.

»Wen wirst du vermissen?«, fragte Juan neugierig.

»Meine Heimat, Nordspanien. Meine Freunde dort«, sagte sie deprimiert. Juan nahm sie in den Arm.

»Ein Jahr geht schnell vorbei. Du wirst sehen. Es gefällt uns bestimmt in Australien«, sagte Juan, aber auch ihm tat es weh seine Heimat verlassen zu müssen.

Wie verzweifelt muss man sein, wenn man alles im Stich lässt, um in einem freien Land sein Glück zu finden, dachte Juan, als das Boot an Fahrt gewann, und die Küste langsam verschwand.

Die Gruppe der Auswanderer jubelte vor Freude und tanzte auf dem Boot. Sie waren glücklich, es geschafft zu haben. Auf sie wartete ein völlig neues und abenteuerliches Leben, in Freiheit und mit Selbstbestimmung. Das war ein Grund zum Feiern. Chester kam mit zwei Flaschen Sekt aus der Kabine zurück und besorgte anschließend Gläser, die er an alle verteilte.

In Gedanken schmiedeten die vier Auswanderer ihre kleinen und großen Pläne für die Zukunft. Es knallte, und Chester hatte die erste Flasche Sekt geöffnet und verteilte ihn. Danach öffnete er die zweite Flasche. Chester erhob sein Glas und stieß mit jedem auf die Freiheit an.

»Auf die Freiheit«, sagte er laut und fröhlich, und jeder nahm einen Schluck Sekt zu sich.

»Auf die Freiheit«, sagte Nisha und trank abermals.

»Ich kenne ein schönes Lied, das mein Vater mit mir gesungen hat«, sagte Patrick und stimmte es an. Es war ein bekanntes Lied, und der Refrain lud zum Mitsingen ein.

Wir sind frei, wir sind stark, wir sind klug.
Wir gehen fort, vertrieben aus unserem eigenen Land,
das ist ein Fluch.
Freiheit, Freiheit, diese wünsch ich mir.

Das Boot hatte sich schnell von der Küste Frankreichs entfernt und war auf dem Weg nach Irland. Irland gehörte zwar auch zur VEU, aber gerade dort gab es sehr viele Widerstandsbewegungen, die sich gegen das neue System auflehnten. Dort hatte die Legión de la Libertad viele Anhänger und Freunde gefunden. Selbst in hohen Regierungskreisen waren sie vertreten.

Juan schenkte den Sekt nach und stieß mit Nisha an. Er nahm sie nochmals in den Arm und drückte sie an sich.

»Es wird alles gut werden. Du wirst sehen«, sagte er und glaubte ein kleines Lächeln in Nishas Gesicht gesehen zu haben.

Es war 20:00, die Agents saßen in der Kantine zusammen und hatten sich aus einem Automaten mit Sandwiches und Kaffee versorgt.

»Freeman war schweigsam wie ein Grab. Nichts hat er uns verraten«, sagte Gazzara ärgerlich.

»Vielleicht wusste er nicht mehr, und seine Aussage entspricht der Wahrheit«, sagte Amato.

Gazzara sah ihn bekümmert an. »Glaubst du das wirklich?«, fragte er.

»Hat die Suche über die Satelliten schon etwas ergeben?«, fragte Amato nach, biss hungrig in sein Sandwich und nahm einen kräftigen Schluck von seinem Kaffee zu sich.

»Die Suche hat noch kein Ergebnis gebracht«, sagte Boyles, als er an seinem Kaffee trank. Heester schwieg und aß hastig. Dann stand er auf.

»Möchte sonst noch jemand etwas zu Essen haben?«, fragte er, und Amato meldete sich rasch. Heester ging los, brachte zwei Sandwiches und vier Becher Kaffee mit.

»Es befinden sich sehr viele Schiffe und Boote vor der Küste. Viele Daten sind bei uns eingegangen, die zur Stunde ausgewertet werden«, erklärte Boyles seinen Kollegen und nahm sich einen neuen Becher Kaffee, den Heester auf einem Tablett in der Mitte des Tisches abgestellt hatte. »Wir können nur abwarten«, sagte er noch.

»Wofür ist die ganze Überwachungstechnik gut, wenn wir damit keinen Erfolg erzielen?«, fragte Amato verbittert. Irgendwie hasste er diesen ganzen hochtechnischen Kram.

»Einen Erfolg können wir verbuchen«, gab Boyles an, und die Kollegen wurden hellhörig.

»Wir haben vor der Küste einen Schmuggler festnehmen können, der ...«, erklärte Boyles und wurde von Heester unterbrochen.

»Was für ein grandioser Erfolg. Lass es gut sein!«, spottete Heester.

»Morgen fahre ich Freeman zum Flugplatz. Vielleicht werde ich doch noch etwas gewahr«, gab Boyles bekannt.

»Du ganz alleine?«, fragte Heester nach.

»Ja«, sagte er kurz.

»Gut, dann kann ich mich ausschlafen«, gab Heester zurück.

Die Agents hatten ihre Sandwiches aufgegessen und tranken den letzten Schluck Kaffee.

»Ich bin dafür, dass wir für heute Schluss machen und noch ein Bier trinken gehen«, kam es von Gazzara. Niemand hatte einen Einwand, und die Agents zogen los. In der Nähe gab es einen kleinen Pub. Dort wollten sie sich niederlassen und ein kühles, englisches Bier genießen.

»Habt ihr schon gehört, was die Regierung plant?«, fragte Heester, als sie das Gebäude verließen.

»Nein, was denn?«, fragte Gazzara interessiert.

»In einigen Bereichen in der Wirtschaft herrscht akuter Fachkräftemangel. Die Regierung will prüfen lassen, wo sich die Fachkräfte in unserem Land befinden und an welchen Standorten sie benötigt werden. Und es soll weiterhin geprüft werden, wer an einer Fortbildung teilnehmen muss. Die BÜTAS soll diese Daten prüfen und eine Kandidatenliste der zuständigen Behörden vorlegen«, erklärte Heester, und Boyles erschrak über dieses Vorhaben. »Wer sich weigert umzuziehen oder sich fortzubilden, dem droht ein Gerichtsverfahren und eventuell eine Gefängnisstrafe«, setzte Heester noch einen drauf.

»Das ist mit dem Grundgesetz vereinbar? Ich denke nicht«, sagte Gazzara, der etwas verstört wirkte.

»Gesetze sind Schall und Rauch, die sind schnell geändert, zum Wohl des Volkes«, lächelte Heester hämisch.

Das ist ja erschreckend. Ich glaube so langsam, die Legión de la Libertad ist mit ihren Beschuldigungen gegen diesen Staat im Recht. Wo soll das alles nur noch hinführen? Der Grundstein für die ganze Misere wurde vor vielen Jahren von den Regierungen gelegt. Es ist sehr schwer, daran noch etwas zu ändern ..., dachte Boyles und wurde von Amato unterbrochen.

»So ganz in Gedanken? Woran denken Sie?«, fragte Amato.

»Nicht so wichtig«, gab er als Antwort.

»Erschreckende Neuigkeiten, die Heester gerade von sich gegeben hat. Nicht wahr?«, sagte Amato betrübt, und die Agents gingen auf den Eingang des Pubs zu.

Boyles hatte am frühen Morgen erfahren, dass die Sondermaschine der BÜTAS um 12:00 nach Deutschland starten sollte. In Deutschland orderte Boyles eine Limousine von seiner Behörde, die Will nach Hause bringen sollte.

Es war 9:00, als Boyles und Will Freeman zu einem kleinen Flugplatz in der Nähe von Bordeaux unterwegs waren. Boyles hatte mit Absicht mehr Zeit eingeplant. Er wollte sich mit Will noch etwas unterhalten.

Die Fahrt zum Flugplatz verlief sehr schweigsam. Boyles stellte ab und zu eine Frage, die Will sehr knapp beantwortete. *Kann ich dem Mann nicht übel nehmen, dass er mit mir nicht reden will,* dachte Boyles und lenkte den Wagen in eine Parktasche. Boyles und Will stiegen aus und gingen auf den kleinen Eingang des Gebäudes zu.

»Wir haben noch etwas Zeit, bis zum Abflug«, sagte Boyles, als er einen kurzen Blick auf seine Armbanduhr warf. »Gehen wir einen Kaffee trinken?«

Will gab keine Antwort. Boyles war irritiert und überlegte.

»Ich nehme einen Tee«, sagte Will plötzlich, und Boyles war erleichtert, als er von Will eine Antwort erhielt.

»Gut, also einen Tee«, sagte er, und sie gingen auf eine kleine Bar zu, die sich mitten in der Halle befand. Die Bar war rund und zu allen Seiten offen. Vor der runden Theke standen braune, hölzerne Barhocker, auf denen Boyles und Will Platz nahmen. Boyles bestellte einen Kaffee und Will einen schwarzen Tee mit Zucker und Zitrone. Boyles unterbrach die Schweigsamkeit.

»Ich möchte Sie nicht bespitzeln, Will. Ihnen ist schon genug Unrecht angetan worden«, fing Boyles das Gespräch an.

Will drehte seinen Kopf und sah Boyles mit einem festen Blick an. »Das soll ich Ihnen glauben?«

»Sie sind völlig im Recht. Die Überwachung, die meine Dienststelle bei Ihnen durchgeführt hat, ist nicht unbedenklich.« Boyles atmete kurz ein und wieder aus. »Aber wir versuchen schließlich, das Volk vor einer drohenden Gefahr zu beschützen und Terroristen und Schwerverbrecher von ihren Taten abzuhalten«, erklärte Boyles.

»Und wer beschützt mich vor Ihrer Dienststelle?«, fragte Will verärgert. »Wer?«

»Es ist nicht alles so gelaufen, wie wir es uns gedacht hatten. Wir haben einen Fehler gemacht«, gab Boyles zu.

»Einen?«, fragte Will und hielt den Blickkontakt mit Boyles aufrecht. Boyles war ein gestandener Mann, doch jetzt wurde er ein wenig verlegen, denn er musste an Berlin denken und an den tödlichen Fehler, der einem Unschuldigen das Leben gekostet hatte. Boyles trank an seinem Kaffee.

»Ohne unsere Überwachungsmaßnahmen können wir nicht effektiv arbeiten«, sagte er plötzlich und schaute wieder zu Will.

»Gegen eine Überwachung habe ich nichts einzuwenden, wenn sie sich gegen einen Terroristen oder einen Schwerverbrecher richtet, aber ein ganzes Volk zu überwachen, dagegen habe ich etwas einzuwenden«, sagte Will frei heraus. Boyles dachte nach, und ihm gingen die Ereignisse der letzten Tage durch den Kopf. Will Freeman war mit seinen Argumenten nicht ganz im Unrecht.

»Wir wählen bedacht den Personenkreis aus, den wir überwachen«, antwortete Boyles und schaute auf seine Armbanduhr. Es war erst 11:00, und sie hatten noch eine Stunde, bis die Maschine abflog. Boyles bestellte sich noch einen Kaffee, und Will wollte ebenfalls einen Kaffee trinken.

»Denken Sie mal scharf darüber nach, Boyles, was Ihre Behörde eigentlich anrichtet! Sie sammelt sämtliche persönlichen Daten von eventuellen Verdächtigen, ohne konkrete Beweise zu haben. Sie verfolgt manchmal Personen auf Grund von Indizien. Ferner besitzt Ihre Behörde alle Rechte, die die Grundrechte der Bürgerinnen und Bürger verletzen. Nach meinem Erlebnis bin ich nicht davon überzeugt, dass Sie nur an das Wohl des Volkes denken«, sagte Will ärgerlich. »Wird das Gespräch zwischen uns aufgezeichnet und kommt dann in meine Akte?«, fragte Will missgelaunt.

»Es ist ein Gespräch zwischen uns. Es kommt weder in Ihre Akte, noch erfahren meine Kollegen, was ich mit Ihnen besprochen habe. Mit einigen Dingen, die Sie über meine Dienststelle behaupten sind Sie im Recht, und ich finde, dass einiges nicht so läuft, wie es früher einmal geplant wurde«, sagte Boyles, und Will konnte es kaum glauben, diese Worte aus dem Mund eines Agents zu hören. Sie diskutierten noch eine halbe Stunde, bis sie zum Flugzeug gingen und sich verabschiedeten.

»Machen Sie es gut, Freeman«, sagte Boyles mit einem Handschlag.

»Haben Sie die Flüchtigen gefasst?«, fragte Will vorsichtig.

»Nein. Wir haben keine Spur von ihnen. Ich denke, Sie wissen bestimmt auch nicht, wo sich die Flüchtigen aufhalten?«, fragte Boyles und las eine Erleichterung in Wills Gesicht, als er diese Nachricht preisgab.

»Nein, das weiß ich nicht«, antworte Will, und Boyles wusste, dass Will nicht die Wahrheit sagte. Will wollte gerade in die Maschine einsteigen. »Und denken Sie daran, Freeman. Wir leben alle in Freiheit, wer etwas anderes glaubt ist im Unrecht«, rief ihm Boyles zum Abschied zu.

»Wirklich, Boyles?« fragte Freeman und sah die Zweifel, die Boyles hatte.

Will stieg in die Maschine ein, und Boyles verließ die Rollbahn. Er sah dem Flugzeug nach, als es startete und fuhr wieder zu seinen Kollegen zurück. Auf der Fahrt plagten ihn Zweifel über die Arbeit, die seine Behörde verrichtete.

»Ich denke, dass ich einiges mit meinem Vorgesetzten Mark Boyles zu klären habe«, sagte Pepe entschlossen, als er neben El Matador stand und mit ihm und seinen Gefolgsleuten triumphierte. Gerade hatten sie die Nachricht erhalten, dass Juan, Nisha und die Auswanderer unversehrt Irland erreicht hatten.

»Ist manchmal nicht verkehrt, wenn man aus einer anderen Perspektive die ganze Sache betrachtet«, sagte Loreena zu Pepe.

»Das Flugzeug steht bereit und wird sie nach Island fliegen, von dort aus wird jeder in seine neue Zukunft starten«, gab El Matador bekannt.

»Es lebe die Freiheit«, rief El Matador.

»Es lebe die Freiheit«, riefen alle seine Gefolgsleute, und auch Pepe schloss sich nicht aus.

Loreena und eine Gruppe von Frauen öffneten einige Flaschen Rotwein, und alle stießen an und waren froh darüber, dass sich doch noch alles zum Guten für sie entwickelt hatte.

»Bereust du deine Entscheidung?«, flüsterte Loreena ihrem Pepe zu. Pepe sah sie liebevoll an. »Nicht einen Moment«, sagte er, nahm sie in den Arm und küsste sie.

Großer Jubel und Applaus brach aus, und Loreena schaute verlegen weg, als Pepe sie wieder losließ. El Matador klopfte Pepe auf die Schulter.

»Du bist in Ordnung, Pepe«, freute er sich.

Es wurde wieder angestoßen, Wein getrunken und gesungen. Pepe und Loreena standen abseits von der Gruppe und unterhielten sich. Richard kam auf El Matador zu.

»Glaubst du wirklich, dass Pepe uns nicht verraten wird?«, fragte er verunsichert.

»Ich denke nicht, aber man sollte vorerst ein Auge auf ihn werfen«, antwortete El Matador und trank seinen Wein aus.

»Komm, trinken wir noch ein Glas auf unsere Freunde in der Ferne«, sagte El Matador und schenkte den Rotwein ein.

Juan, Nisha, Andy Garcia, Janine Wagner, Andrea Bettini und Patrick Wolff waren auf dem Weg nach Island. Dort warteten zwei Maschinen auf die Ankunft der Auswanderer. Eine Maschine flog nach Australien und die anderen Maschine nach Neuseeland. Irgendwo mussten sie eine Zwischenlandung einlegen und übernachten, aber dafür hatte El Matador schon gesorgt. Die Hotels waren reserviert, das Geld der Auswanderer über die Grenze geschafft, und sie hatten einen Arbeitsplatz vermittelt bekommen. Ab jetzt konnten sie sich seelenruhig in ihren Sesseln zurücklegen, den Flug genießen und an ihre Zukunft denken.

»Das hätte ich vor Jahren nicht für möglich gehalten, dass wir aus der Vereinten Europäischen Union fliehen würden. Hätte mir damals jemand so eine Geschichte erzählt, hätte ich ihn für verrückt erklärt, und nun ...«, sagte Andy zu Janine.

»... und nun können wir unser Leben frei gestalten«, antwortete Janine. »Es ist nicht falsch sich für die Freiheit einzusetzen. Ich bewundere die Selbstlosigkeit, mit der sich die Legión de la Libertad für die Freiheit einsetzt.«

»So ganz selbstlos ist der Einsatz auch wieder nicht. Wir haben eine Menge Geld dafür bezahlt«, antwortete Andy.

»Das schon, aber unsere Regierung hätte uns enteignet. Dagegen war die Bezahlung ein Trinkgeld«, sagte Patrick, der hinter Andy saß und das Gespräch verfolgt hatte.

»Da bist du wohl im Recht«, antwortete Andy und lächelte freundlich.

»Irgendwie muss sich die Organisation schließlich finanzieren«, gab Andrea von sich. Juan und Nisha beteiligten sich nicht an der Diskussion. Sie schmiedeten unterdessen ihre eigenen Pläne.

Future-News:

Gestern wurde ein Schmuggler vor der Küste von Côte d'Argent in Frankreich verhaftet. Er wurde zufällig bei einer Überprüfung von der Küstenwache entdeckt, die auf der Suche nach den flüchtigen Terroristen war.

Will Freeman, der gestern aus den Händen der Terroristen befreit wurde, ist auf dem Weg in seine Heimat.

10 Wieder zu Hause

Endlich hielt die Limousine vor einem Haus in der Monumentenstraße an. Ein Gesicht presste sich an die Innenseite der hinteren Scheibe der Limousine. Es war Will Freeman, der sehnsüchtig nach draußen schaute und es kaum noch erwarten konnte, wieder zu Hause zu sein.

»Da sind wir«, sagte der Fahrer des Wagens und wartete auf Wills Antwort. Die Beifahrerin, eine junge Frau, wandte sich zu Will. »Sie sind wieder zu Hause, Freeman«, sagte sie mit einer sanften Stimme, die Will aber kaum wahrnahm.

Will öffnete langsam die Fahrzeugtür und stieg aus. Er schaute sich sein Haus an und fühlte sich wie in Trance. Sehr viele Gedanken gingen ihm plötzlich durch den Kopf. Er dachte an sein Zuhause, seine Freunde, seine Erlebnisse in Nordspanien und seine neuen Freunde, die er dort gefunden hatte. Wills Gefühle spielten verrückt, aber nach einigen Augenblicken hatte er sie im Griff. Er drehte sich herum, beugte seinen Oberkörper und verabschiedete sich von den Agents.

»Sorry, dass ich in Gedanken war, aber ich habe nicht vermutet, dass ich so schnell wieder nach Hause kommen würde«, sagte Will mit belegter Stimme.

»Auf Wiedersehen, Freeman«, sagte der Fahrer.

»Lieber nicht«, antwortete Will. »Alles Gute!«, sagte er noch und schloss bedächtig die Fahrzeugtür. Die beiden Agents lächelten über Freemans Antwort. Der Agent startete den Wagen und fuhr gemächlich los.

Will stand vor seiner Wohnungstür, nahm seinen Schlüssel und schloss zögerlich die Tür auf. Seine Hände zitterten, und sein Mund war trocken. Die nervliche Belastung der letzten Tage sind nicht spurlos an ihm vorübergegangen. Will betrat sein Heim. Er ging ins Wohnzimmer und blitzartig fiel ihm jemand um den Hals. Wills Herz raste vor Schreck. Er bekam einen dicken Kuss auf den Mund. »Willkommen zu Hause, Will«, sagte eine weibliche Stimme, und Will stellte mit Erleichterung fest, dass es Daniela war, die ihn begrüßte. Carlos stand hinter Daniela mit einer Flasche Sekt und freute sich ebenfalls seinen Freund heil wieder zu sehen.

»Lass dich umarmen, Will!«, sagte Carlos und drängte Daniela zur Seite. Er nahm Will in den Arm. »Den Kuss lass ich mal weg, sonst könnte noch jemand etwas falsches von uns denken«, lachte er und drehte Will so herum, dass er wieder neben Daniela stand. Daniela hatte inzwischen drei Sektgläser besorgt und verteilte sie.

»Sollen wir lieber wieder gehen?«, fragte Daniela, als sie merkte, dass Will irgendwie mit seinen Gedanken nicht ganz bei der Sache war.

»Nein. Ich freue mich sehr euch zu sehen«, sagte Will und wartete darauf, dass Carlos endlich den Sekt einschenkte.

Sie gingen zu dem runden Esstisch, der im Wohnzimmer stand, und ließen sich dort nieder. Sie stießen mit den Gläsern an und nahmen einen Schluck Sekt zu sich.

»Erzähl mal. Wie ist es dir bei den Terroristen ergangen?«, überfiel ihn Carlos. Wills Gesichtsausdruck verfinsterte sich.

»Was hast du, Will?«, fragte ihn Daniela, die sofort merkte, dass mit Will etwas nicht stimmte. Carlos und Daniela konnten nicht wissen, was wirklich in Nordspanien geschehen war. Sie hatten ihre Informationen von den Behörden und aus den Nachrichten erhalten. Nun hatten sie die Gelegenheit, die Wahrheit kennen zu lernen.

»Es ist nicht so geschehen, wie es in den Nachrichten berichtet wurde oder in den Zeitungen geschrieben stand«, sagte Will bedächtig und sah in die erstaunten Gesichter seiner Freunde. Will erhob sein Glas.

»Es lebe die Freiheit«, sagte er zu seinen Freunden, die ihn verstört ansahen.

»Was ist mit dir los?«, fragte Daniela. »So kenne ich dich überhaupt nicht.«

»Lass uns etwas zu Essen bestellen, dabei werde ich euch die Geschichte aus meiner Perspektive erzählen«, sagte er, und seine Freunde waren sehr gespannt, was Will zu berichten hatte.

Es vergingen zwei Stunden, die nicht langweilig wurden. Wills Freunde waren entsetzt, als sie die Wahrheit erfuhren.

»Das ist ein starkes Stück! Die Agents, die Medien, alle haben uns einen Bären aufgebunden«, schimpfte Carlos laut. »Wie ist denn Nisha alias Coco Loco?«, erkundigte sich Carlos erneut. Von Coco Loco war Carlos irgendwie angetan. Er hatte sie zwar noch nicht persönlich kennen gelernt, aber sie war ihm auf Anhieb sympathisch gewesen. Will erzählte ihm, wie Coco Loco und Maria das Computersystem der BÜTAS lahm gelegt hatten. Carlos war hellauf begeistert.

»Wir leben in einer Scheinwelt«, sagte eine traurige Stimme, die zu Daniela gehörte. »Wir haben alle unsere Freiheit verloren und nichts bemerkt. Sie sind langsam über uns hergefallen.«

»Stück für Stück haben sie uns unsere Freiheit genommen«, ergänzte Will.

»Was ist eigentlich aus unserem Buch geworden? Wir müssen daran weiterarbeiten. Uns bleibt nicht mehr viel Zeit«, sagte Will abrupt.

Will sah die enttäuschten Gesichter von Carlos und Daniela.

»Was ist los?«, fragte Will hastig. Er ahnte, dass etwas nicht stimmte. Carlos fing vorsichtig an zu erzählen.

»Will, du bist ein paar Tage nicht hier gewesen, und ...«

»Komm auf den Punkt!«, befahl Will seinem Freund.

»Unser Buch ist von dem Committee-of-Literature-Control abgelehnt worden und darf nicht veröffentlicht werden«, erklärte Carlos, und Will wurde wütend, sehr wütend.

»Das ist eine Frechheit, eine Unverschämtheit«, fluchte Will lautstark und schlug mit der Faust auf den Tisch, so dass die Sektgläser zu wackeln anfingen.

»Mit welcher Begründung?«, fragte er, als sich seine Wut etwas gelegt hatte.

»Wir müssen unseren Roman an einigen Stellen umschreiben und dürfen nicht korrupte Agents und Politiker darin erwähnen. Wir haben in unserem Roman einen Unschuldigen durch die Hand eines Agents sterben lassen, das müssen wir ebenfalls korrigieren. Und einige Abhörtechniken, die wir beschreiben, müssen ebenfalls aus dem Buch verschwinden«, erklärte Carlos seinem Freund.

»Das ist doch Blödsinn. Es ist ein Agenten-Thriller. Es ist nur eine Geschichte. Nur eine Fiktion«, fluchte Will wieder.

»Das ist wahr, aber es erfüllt die Auflagen des Committee-of-Literature-Control nicht«, erklärte Carlos. Daniela schwieg bei diesem Gespräch und machte sich ihre eigenen Vorstellungen von einem neuen Staat, den sie bisher nicht gekannt hatte.

»Wir sind Schriftsteller, und ich will meine freie Entscheidung treffen, was ich schreibe und veröffentliche. Ich will meine eigenen Gedanken zu Papier bringen. Was ist aus diesem Land geworden, in dem ich geboren und aufgewachsen bin? Ich erkenne es nicht mehr wieder«, sagte Will betrübt und erhielt von seinen Freunden Zustimmung.

»Wenn ich in diesem Land nicht mehr schreiben darf, was mir

in den Sinn kommt und was ich fühle, wenn ich nicht mehr frei meine Meinung äußern darf, dann möchte ich in diesem Land auch nicht mehr leben«, sagte Will entschlossen.

»Was willst du denn dagegen unternehmen?«, fragte Daniela.

»Etwa auswandern?«, sie sah den Ausdruck in Wills Gesicht und wusste sofort, was Will dachte.

»Vielleicht«, antwortete Will. »Vielleicht.«

Dennoch machten sie sich noch einen schönen Abend, gingen in ein Brauhaus, und Will erzählte einige Geschichten über die Legión de la Libertad.

Als Will wieder zu Hause war, recherchierte er im Internet und fand dabei heraus, dass bereits vor 10 Jahren verdächtige Personen mit allen zur Verfügung stehenden technischen Möglichkeiten überwacht wurden. Die Observationseinheiten führten die Überwachung beispielsweise mit Wanzen, Kameras, Richtmikrofonen, Webcams und GPS durch. Auch das Abfangen von Postsendungen, E-Mails und Faxen war eine gängige Methode. Im Jahr 1995 wurden in Deutschland etwa 5.000 Telefonüberwachungsmaßnahmen angeordnet, Tendenz stark steigend, denn 2004 waren es schon rund 34.000 und 2006 etwa 41.000.

Es kann jeden von uns treffen, dachte er und schaltete seinen Laptop aus. *Ob sich früher jemand mal über die negativen Auswirkungen der Überwachungsmaßnahmen Gedanken gemacht hat? Es ist eine feine Sache, einen Wagen mit einem Satelliten überall auf der Welt zu orten, wenn dadurch Dieben das Handwerk gelegt werden kann. Aber es ist erschreckend, wenn man darüber nachdenkt, dass dieses System mittlerweile für die Überwachung der Bevölkerung eingesetzt wird. Und wie vorteilhaft es für uns doch ist, dass es das Flugticket mit eingebauten Mikrochip gibt, womit uns die Behörden überall auf dem Flughafengelände verfolgen können. Egal ob man verdächtig ist oder nicht. Alle Daten von Fluggästen werden in die Datenbanken der Behörden transferiert und ausgewertet. Erschreckend, wenn man sich vorstellt, dass alle Daten wie Religionszugehörigkeit, Beruf sowie alle persönlichen Daten gebündelt existieren und ggf. von jedem abgerufen werden können. Das Volk lebt in einer Demokratie, es lebt für die Demokratie, trotzdem kann die Regierung mit ihrem Volk machen, was sie will. Willkommen in einer prächtigen und sicheren Zukunft.*

★

»Wir haben Riskos aufgespürt, die in Verbindung mit der Terrorgruppe Legión de la Libertad stehen«, kam ein junger Beamter in das Büro von Boyles hereingestürzt. Der junge Beamte übereichte Boyles die Unterlagen über die Verdächtigen. Boyles bediente sein Notepad und ließ sich die Daten anzeigen. Der junge Agent stand vor Boyles' Schreibtisch und war gespannt, was er zu seiner Entdeckung sagen würde.

»Wer hat angeordnet, dass Freeman weiter überwacht wird?«, fragte Boyles den Beamten.

»Wir haben nicht Freeman überwacht, sondern Rodriges«, antwortete der Beamte. »Wir haben seinen Laptop benutzt. Zu unserem Glück hat er ihn die ganze Zeit angelassen, als er sich mit seinen Freunden getroffen hatte.« Boyles ließ die Aufzeichnung abspielen. »Es lebe die Freiheit«, hörte er Freeman sagen.

Boyles versank in seinem Bürosessel und hörte sich einen Teil der Aufzeichnung an. Der junge Beamte stand geduldig vor Boyles' Schreibtisch und wartete ab.

Es muss etwas geschehen. Ein neues Gesetz muss her, damit der Mensch vor dem Überwachungswahn der Behörden geschützt wird. Wir sammeln unendlich viele Daten von der Bevölkerung. Wir verknüpfen Rechenzentren untereinander, damit wir Zugriff auf alle Daten der Bevölkerung bekommen, in Sekundenschnelle. Wir installieren überall Kameras und speichern die Aufzeichnungen, damit wir bei Bedarf wissen, wo sich jemand aufgehalten hat. Klar, für die Verbrechensbekämpfung ist dies eine Erleichterung, aber der Preis, den jeder von uns bezahlen muss, ist hoch. Wir entwickeln uns zu einer totalitären Behörde und zu einem totalitären Staat hin. Will Freeman war ein unbescholtener Bürger, bis zu dem Zeitpunkt, als wir ihn aus Verdachtsgründen observiert haben. Wir brauchen noch nicht einmal einen konkreten Beweis, um jemandem einen Code Red 1 anzuhängen. Es muss etwas getan werden! Es muss!

»Sir, was sollen wir jetzt unternehmen?«, riss der junge Beamte Boyles aus seiner Gedankenwelt heraus.

Boyles schaltete sein Notepad ab und setzte sich aufrecht an seinen Schreibtisch. Der junge Beamte hoffte darauf, dass Boyles nun einen Code Red 1 aussprach.

Es lebe die Freiheit, hallten die Worte Freemans durch den Kopf von Boyles.

»Schließen Sie die Akte Freeman und die seiner Freunde und seiner Angehörigen!« Boyles handelte sich einen stechenden, unverständlichen Blick des jungen Beamten ein. »Danach löschen Sie sämtliche Daten von Freeman und seinem Bekanntenkreis aus unserer Datenbank!«, befahl Boyles dem verstörten Beamten.

»Und die Beweise, Sir?«, fragte er vorsichtig.

»Freeman und seinem Freundeskreis ist ein großes Unrecht widerfahren. Gestern wurde auf einer Konferenz besprochen, dass wir die Akten dieser Personen schließen und löschen werden«, log Boyles den Beamten an.

Der junge Beamte verließ das Büro und führte die Befehle von Boyles aus.

Future-News:

Will Freeman wurde gestern mit einer Sondermaschine nach Berlin geflogen und von dort mit einem Fahrzeug der Europe-Agents nach Hause gefahren.

Die Terroristen konnten bis jetzt noch nicht gefasst werden, aber die Agents haben Hinweise für die Ergreifung dieser Personen erhalten.

Epilog

Den Schutz vor terroristischen Aktivitäten und schweren Verbrechen brauchen wir heutzutage mehr denn je. Es ist falsch anzunehmen, dass wir vor ihnen sicher sind. Doch darf dieser Schutz auf Kosten der Freiheit und gegen die Grundrechte eines Menschen aufgebaut werden? Darf zum Schutz gegen den Terror ein Überwachungsstaat errichtet werden? Es ist naiv von uns anzunehmen, dass wir in einem Überwachungsstaat vor Anschlägen sicher sind.

In diesem Roman wurde die BÜTAS gegründet, um die Bevölkerung vor terroristischen Aktivitäten und schweren Verbrechen zu schützen. Es ist nicht undenkbar, dass solch eine Institution in Zukunft existieren wird. Diese Behörde ist mit allen Rechten ausgestattet, um Zugriffe auf alle Daten einer Person zu nehmen. Sie überwacht die Bevölkerung der VEU. Aber wer überwacht diese Behörde?

Die Legión de la Libertad in diesem Roman ist keine Terrororganisation. Sie ist eine Organisation, die sich für die Freiheit der Bevölkerung in einem düsteren Zukunftsstaat einsetzt. Die BÜTAS verfolgt diese Gruppe und will sie zerschlagen. Die Legión de la Libertad setzt niemals Sprengsätze, Bomben oder Waffen ein, um ihre Visionen von einem freien Leben durchzusetzen. Gewalt ist für diese Gruppe kein Mittel, um ihre Pläne zu verwirklichen. Denn Terror und Gewalt sind keine Lösung.

Die Bevölkerung eines Staates kann man leicht manipulieren. Mit schönen Worten und guten Grundsätzen, schafft man einen Staat, in dem der Mensch immer mehr der Kontrolle der Behörden unterliegt. Schritt für Schritt wird ein System aufgebaut, das gegen die Grundrechte verstößt. Immer mehr Daten der Bürgerinnen und Bürger werden erfasst und miteinander verknüpft, und somit wird die Kontrolle über jeden Einzelnen perfektioniert.

Was will man mit diesen Kontrollen erreichen? Einen Schutz für die Bevölkerung, oder will man mehr Macht über sie bekommen? Was geschieht mit der Demokratie? Ist sie in Gefahr? Werden Terroristen nur als Vorwand dafür benutzt, um einen Überwachungsstaat aufzubauen?

Die Bevölkerung sollte vor dem Zugriff auf ihre Privatsphäre geschützt werden. Doch, wie so oft im Leben, siegt die Naivität vor der Vernunft. Denn fast jeder glaubt: Ich habe nichts verbrochen. Ich bin unschuldig. Mir kann nichts passieren. Sollen die Behörden doch alles über mich erfahren.

Wie schön für die Bevölkerung, dass der Staat das Internet und alle E-Mails überwachen wird. Dadurch fühlen wir uns doch erheblich sicherer, oder? Hauptsache den Terroristen werden damit alle Möglichkeiten genommen, das Internet für ihren Terror zu benutzen. Terroristen sind mit Sicherheit dumm und können nicht mit der Technik umgehen. Sie haben keine Ahnung von den neuartigen Dingen, die die Welt bewegen. Sie wissen nicht, was man unternehmen kann, um im Internet anonym zu bleiben, oder? Oder möchte der Staat durch die Kontrolle des Internets, der E-Mails, der Computer nur eine weitere Möglichkeit besitzen, die Bevölkerung zu überwachen?

Einen Tatverdächtigen zu überwachen, gegen dieses Vorhaben spricht nichts, aber ein ganzes Volk überwachen zu wollen, gegen dieses Vorhaben spricht einiges. Es ist vollkommen verständlich und ratsam, dass gegen Terrorismus und schweres Verbrechen etwas unternommen werden muss. Dagegen dürfen wir uns nicht stellen oder verschließen. Aber dies darf nicht zu Lasten der Freiheit und der Demokratie geschehen.

Gezielt ein Handy abzuhören, und es als Wanze zu benutzen, um den Aufenthaltsort eines Anrufers zu bestimmen, stellt heutzutage kein technisches Problem mehr dar. Das Mautsystem auf den Autobahnen fotografiert sämtliche Nummernschilder, die in Datenbanken gespeichert werden. Noch wird dieses System nur für die Abrechnung der Gebühren benutzt. Die Daten von Personen könnten in einer zentralen Datenbank gespeichert werden, damit verschiedene Behörden Zugriff darauf haben. Das Mautsystem kann ohne technischen Aufwand für eine Hetzjagd eingesetzt werden. Wollen wir hoffen, dass dies dann nur bei Terroristen und Schwerverbrechern zum Einsatz kommt. Aber einmal eingeführt und genehmigt, wird das System jeden verfolgen, ob Autodieb, Verkehrssünder, Versicherungsbetrüger, Ladendieb oder auch eine fälschlicherweise verdächtige Person.

Man sollte sich auch noch einmal Gedanken darüber machen, ob man Menschen zum Abschuss freigeben darf. Dürfen wir ohne jedes Gewissen töten, und dürfen wir wirklich Passagiermaschinen zum Abschuss freigeben? Sind wir dann besser als diejenigen, die die Bomben legen? Gesetz ist Gesetz, aber durch dieses Gesetz würden mit Sicherheit auch unschuldige Menschen getötet werden. Machen wir damit nicht das Militär zum Werkzeug für Terroristen? So heißt es u. a. bei Levitikus (2. Mose 24, 19–20) „Und wer seinen Nächsten verletzt, dem soll man tun, wie er getan hat, Schaden um Schaden, Auge um Auge, Zahn um Zahn; wie er einen Menschen verletzt hat, so soll man ihm auch tun."

Beurteilen wir mal die Lage, in der wir uns augenblicklich befinden, und dann urteilen wir über den Roman, den wir gerade gelesen haben:

- Private Computer sollen Online durchsucht werden, ohne dass es überhaupt einen Hinweis auf eine geplante Straftat gibt.
- Im Innenministerium wird darüber nachgedacht, die Rechtsgrundlage für Online-Durchsuchungen zu schaffen.
- Die Daten aller Telefongespräche, aller E-Mails und aller im Internet besuchten Websites sollen erfasst und für einen gewissen Zeitraum gespeichert werden.
- Datenmengen von Behörden werden miteinander verknüpft. Es wird ein riesiger Datenpool aufgebaut, worauf die Behörden zugreifen dürfen.
- Durch das Mautsystem auf unseren Autobahnen wird jedes Fahrzeug erfasst und in der Datenbank für eine gewisse Zeit gespeichert.
- Der biometrische Reisepass soll eingeführt werden. Er speichert per Funk-Mikrochip (RFID) Foto und Fingerabdruck des Besitzers.
- Das Flugticket mit Mikrochip soll ebenfalls eingeführt werden, wodurch jeder Fluggast auf dem Flughafen überall zu orten ist. Egal, wo er sich gerade im Flughafengebäude befindet.
- Durch die oben genannten Maßnahmen kann der große Bruder Staat überwachen, mit wem wir telefonieren, wohin wir uns bewegen, was unsere Interessen und unsere Hobbys sind, welche Freunde wir haben, in welchen Gruppen und Vereinen wir uns engagieren.
- Ein Gesetz für das gezielte Töten von Terroristen soll vorangetrieben werden. Noch wurde ein Luftsicherheitsgesetz vom Bundesverfassungsgericht abgelehnt, dass es erlaubt ein Passagierflugzeug, das womöglich als Waffe eingesetzt wird, abzuschießen.
- Die Ortung eines Handybenutzers ist technisch ebenfalls mög-

lich und wird heutzutage von vielen Eltern angewandt, die wissen wollen, wo sich ihre Kinder aufhalten. Es ist ein leichtes für den Staat, eine solche Überwachung auch auf die Bevölkerung auszudehnen.

- Auch für die Überwachung von EC- und Kreditkarten werden die Schranken eines Tages fallen.
- Mit den Worten, »Wir tun, was wir tun müssen«, wird der Aufbau eines Überwachungsstaates gerechtfertigt.
- Und noch eine kleine Anmerkung zum Schluss. Es gibt eine Reihe von Bonuskarten mit denen man Punkte sammeln und an Rabattaktionen teilnehmen kann. Ein schönes System, das einem hilft Geld zu sparen. Leider hat dieses System einen kleinen Nachteil, denn es werden Daten darüber gesammelt, wer, welchen Alters und Geschlechts, was, wann und wo einkauft. Noch ist nichts dagegen einzuwenden, aber falls auch hier die Rechtsgrundlage geändert wird, könnte eine Behörde wie die BÜTAS auf alle gespeicherten Daten zugreifen.

Wir alle gehen zu leichtfertig mit unserer Freiheit um. Schnell kann einem diese Freiheit wieder genommen werden. Die Freiheit ist eines der wertvollsten Güter auf Erden. Für die Freiheit wurden Kriege geführt, sind Menschen gestorben und wir, wir geben sie aus unseren Händen.

2009   Änderung des Grundgesetzes, die es den Behörden erlaubt, die Bürgerinnen und Bürger ohne begründeten Verdacht auf eine vorliegende Straftat zu überwachen.

2009   Änderung des Fernmelde- und Grundgesetzes. Die Daten aller Telefongespräche, aller E-Mails und aller im Internet besuchten Websites einer Person werden erfasst und gespeichert. Die Löschung der gesammelten Daten wird voraussichtlich erst nach 10 Jahren erfolgen.

2010   Zu jedem Telefongespräch, das mit einem Handy geführt wird, soll der Aufenthaltsort jedes Benutzers in eine Datenbank gespeichert werden. Diese Daten werden voraussichtlich für 10 Jahre aufbewahrt.

2011   Gründung der BÜTAS (Behörde für die Überwachung terroristischer Aktivitäten und schwerer Verbrechen). Sie ist mit allen Rechten ausgestattet, um Zugriffe auf alle Daten einer Person der EU zu nehmen.

2012   Es wird ein Gesetz eingeführt, das Einsatzkräften von bestimmten Behörden die Tötung von Terroristen und Schwerverbrechern erlaubt. Auch der Abschuss von Passagiermaschinen, die sich in der Gewalt von Terroristen befinden, wird genehmigt.

2012   Die Gründung einer Europäischen Einheitsarmee, die European Army, und Einführung der Seeüberwachung durch die European Army.

2013   Einführung der EUSA (Europe-Union-Super-Agents, kurz: Europe-Agents). Sie bildet eine Spezialeinheit, die der BÜTAS unterstellt ist.

2013   Die Gründung der COLC (Committee-of-Literature-Control). Die COLC hat die Aufgabe jeden Text, jede Zeitung, jedes Buch zu überprüfen und für die Veröffentlichung freizugeben.

2014   Die Gründung der VEU (Vereinte Europäische Union). Alle Länder der EU (Europäische Union) werden zu einem einzigen Staat zusammengefasst. Das war ein besonderes Jahr in der Geschichte Europas, die totale Vereinigung aller Mitgliedsstaaten.

2015 Die Vereinigung vieler karibischer Inseln zu einer Nation, die Nation-of-Caribbean-States. Mit den Jahren werden immer mehr Inseln der Vereinigung beitreten.

2016 Kuba tritt der Nation-of-Caribbean-States bei und wird ein begehrtes Land für viele Flüchtlinge, die aus der Vereinten Europäischen Union kommen.

2016 Kein Staatsangehöriger der VEU darf in ein anderes Land auswandern. Seit 2016 ist dies unter Strafe gestellt worden. Es werden nur selten Genehmigungen erteilt. Wenn jemand eine Genehmigung erhält, dann müssen exorbitante Summen bezahlt werden, um eine Auswanderungslizenz zu erhalten. Durch diese Gebühren werden die Auswanderer fast enteignet.

2017 Länder wie Neuseeland, Australien, Süd-Afrika, China, Süd-Amerika, die Nation-of-Caribbean-States schließen sich in einem Bündnis zusammen und treten für die Menschenrechte und Freiheit ein. Sie brechen die politischen Beziehungen mit der VEU ab.

2018 Heute.

So könnte die Zukunft aussehen:

2019 Neue Computer werden mit einem Spionageprogramm der BÜTAS ausgerüstet.

2020 Abschaffung des Bargeldverkehrs in der VEU. Die VEU hat nun die Möglichkeit, jeden Schritt eines jeden Bürgers zu überwachen.

2020 Es wird ein Gesetz verabschiedet, nachdem nur noch Fahrzeuge für den Straßenverkehr zugelassen werden, die mit einem Überwachungssystem ausgestattet sind. Durch diesen Eingriff der Behörden, wird es möglich sein, immer und überall ein Fahrzeug zu lokalisieren und dessen Halter ausfindig zu machen. Anonym wird sich ab diesem Zeitpunkt niemand mehr fortbewegen können.

Angehörige der Legión de la Libertad

Abdul Asis	Er ist ein Kontaktmann in Nordspanien, Bilbao. Abdul ist türkischer Herkunft und stammt aus Istanbul. Er ist 40 Jahre alt, etwas untersetzt und hat eine krumme Nase.
Anthony LaPaglia	Er ist ein Computergenie, der im Hauptquartier der Legión de la Libertad tätig ist.
Artemis	Sie ist Anfang 30, etwa 1,60 Meter groß, hat kurze, schwarze Haare und ist ein wenig pummelig. Artemis trägt eine schmale Brille und liebt klassische Musik. Seit etwa vier Jahren gehört sie zur Legión de la Libertad.
Bernd Walker	Er ist Anfang 40 und ist für die Legión de la Libertad in Südfrankreich tätig.
Bram Stoker	Er ist Anfang 30 und ist für die Legión de la Libertad in Südfrankreich tätig.
Chester	Er ist für die Legión de la Libertad in Südfrankreich tätig. Chester arbeitet auf einem Schnellboot, das Auswanderer aus der Vereinten Europäischen Union bringt.
Dorothea Girardon	Tochter von Francois Girardon. Sie ist 25 Jahre jung, hat langes, lockiges, braunes Haar und ein bezauberndes Lächeln, das sofort jedem ins Auge fällt.
El Diablo	Er ist Anfang 30 und für die Legión de la Libertad in Südfrankreich tätig.
El Matador	Er ist der Anführer einer der größten Stationen der Legión de la Libertad. Diese Station befindet sich in Nordspanien, einsam unter einem Weiler gelegen, in der Nähe von Posada de Valdeón. El Matador ist ein Bär von einem Mann. Er ist groß, strotzt vor Kraft, und er hat einen draufgängerischen Gesichtsausdruck.
Ferdinand Victor Delacroix	Diesen Namen hatte er sich irgendwann einmal selber gegeben. Er ist der beste Freund von Juan González alias Hack-Man. Ferdinand Victor Delacroix ist Anfang 30, hat kurze, braune Haare und ein schmales Gesicht. Seine Eltern lebten in San Sebastián. Sein richtiger Name ist Fernando Brunelleschi.
Francois Girardon	Er ist Leiter der Legión de la Libertad im Süden von Frankreich. Er besitzt ein altes Weingut in der Nähe von Bordeaux. Seine Namensgleichheit mit dem berühmten französischen Bildhauer, der im 16. Jahrhun-

dert lebte, ist reiner Zufall. Er ist fast 60 Jahre alt. Francois ist mit dem Vater von El Matador sehr gut befreundet. Seine beiden Töchter unterstützen ihn bei dem Kampf gegen das Regime.

Juan González	Sein Spitzname ist Hack-Man. Er ist ein wahres Computergenie und kann sich in jedes Computersystem einhacken. Er ist Anfang 30, hat lange, zottelige Haare und ein breites Gesicht. Er wirkt ein wenig untersetzt mit seinen 1,75 Meter und seinen 85 kg, aber ansonsten ist er ein lustiger Geselle, der immer einen Scherz auf den Lippen hat.
Landolf	Er ist für die Legión de la Libertad in Südfrankreich tätig und ist Kapitän eines Schnellbootes. Landolf hat einen grauen Bart, um seine Augen herum haben sich viele Falten gebildet.
Loreena Leyva	Sie ist Mitte 20, hat kurzes, glattes, braunes Haar, ist klein und wirkt zierlich, aber das täuscht. Loreena ist durchtrainiert und in vielen Kampfsportarten besitzt sie den schwarzen Gürtel.
Lydia Girardon	Tochter von Francois Girardon. Sie ist 23 Jahre jung, hat kurzes, braunes Haar und ist ein bisschen pummelig.
Maria Seifert	Nishas Freundin aus Deutschland. Sie ist bei der Legión de la Libertad in München tätig. Maria hat eine zottelige Frisur, ist klein, dick und hat eine kleine Narbe auf dem Kinn.
Nisha Nikolar	Ihr Spitzname ist Coco Loco, das bedeutet verrückte Kokosnuss. Ihre Mutter kommt aus Russland und ihr Vater aus Nordspanien, Bilbao. Sie ist eine rassige, junge Frau, Mitte zwanzig. Sie hat langes, lockiges, schwarzes Haar und große braune Augen.
Pepe	Er ist Mitte 30, etwas klein geraten, aber ein lieber und netter Kerl. Er hat kurze Haare und eine kleine Narbe auf der Stirn. Er ist erst vor drei Monaten der Legión de la Libertad beigetreten.
Richard Wahlberg	Ein Arzt, der sich vor fünf Jahren der Legión de la Libertad angeschlossen hat. Richard kommt aus Deutschland.

Mitarbeiter der BÜTAS

Carina Jawad	Sie ist ein Europe-Agent und im Innendienst tätig. Sie leitet eine Abteilung in Südfrankreich, die für die Überwachung mittels Mautsystem und Satelliten zuständig ist.
Dan Badarau	Er ist ein Europe-Agent und im Innendienst tätig. Er ist Mitte 20, hager und hat blonde Haare.

149

Mark Boyles	Er ist ein Europe-Agent, arbeitet in Deutschland und ist 50 Jahre alt. Er ist ein gemütlicher Geselle, liebt gutes Essen und guten Wein und lässt sich beim Genießen der Mahlzeiten reichlich Zeit.
Paul Amato	Er ist ein Europe-Agent und arbeitet in Nordspanien. Er ist 1,80 Meter groß, untersetzt und hat einen grimmigen Gesichtsausdruck. Amato liebt seinen Beruf, und Erfolg liebt er ebenfalls.
Stephen Gazzara	Er ist ein Europe-Agent und arbeitet in Nordspanien. Er ist Amatos rechte Hand. Sie arbeiten schon sieben Jahre zusammen. Gazzara ist fast so groß wie Amato. Er ist schlank, hat schwarze Haare und blaue, stechende Augen. Er besitzt ein Grübchen am Kinn.
Tina Mauresmo	Sie ist ein Europe-Agent und im Innendienst tätig. Sie ist Anfang 20, hat kurze, braune Haare und trägt eine kleine Brille mit ovalen Gläsern.
Tom Heester	Er ist ein Europe-Agent, arbeitet in Deutschland und ist 30 Jahre alt. Auf ihn ist immer Verlass, obwohl Boyles einige Eigenarten an ihm nicht ausstehen kann. Das ist seine Ungeduldigkeit, und er kann manchmal etwas ruppig und unverschämt werden.

Mitwirkende Personen

Andrea Bettini	Sie wird in der Risk-of-Escape-List geführt.
Andreas Bähr	Er wird wegen Autodiebstahl von der Polizei gesucht.
Andy Garcia	Er wird in der Risk-of-Escape-List geführt.
Carlos Rodriges	Er ist von Beruf Fremdenführer, arbeitet und lebt in Berlin. Carlos ist ein guter Freund von Will Freeman.
Christian Schell	Er wird wegen Betrug im Internet von der Polizei gesucht.
Daniela Lopez	Sie ist Reporterin bei einer großen Tageszeitung und Wills Freundin.
Janine Wagner	Sie wird in der Risk-of-Escape-List geführt.
Markus Lindner	Er ist Mitte 30, hager und hat lange, braune Haare.
Patrick Wolff	Er wird in der Risk-of-Escape-List geführt.
Will Freeman	Er ist von Beruf Werbefachmann, lebt und arbeitet in der Innenstadt von Berlin. In seiner Freizeit schreibt er mit Carlos an einem Buch.

Gegenstände/Software

GPS	Global Positioning System, auch Globales Positionsbestimmungssystem.
Notepad	Es ist klein, handlich, hat ein Foliendisplay, das auch als Touchscreen benutzt werden kann. Es besitzt au-

ßerdem ein kleines Display, das als Tastatur dient. Das Notepad ist direkt mit dem BÜTAS Satelliten verbunden und bekommt die angeforderten Daten übermittelt.

Person-Identity-Tester Ein kleines, quadratisches Gerät mit einem Bildschirm und einer kleinen, runden Platte, auf der man den Zeigefinger einer Person legt. Es ruft alle Daten über eine Person ab, die in der BÜTAS-Datenbank gespeichert sind.

Spy-Hole Die Software kann prüfen, ob eine Verbindung abgehört wird, ferner sorgt sie dafür, dass die Gespräche nicht in die Datenbank der Behörde gelangen.

Bezeichnungen

Code-Red-Number Wird einem Verdächtigen zugewiesen, der von den Europe-Agents überwacht werden soll. Die Nummer besteht aus: Passnummer-Datum der Erfassung-Fortlaufende Nummer.

Code Red 3 Eine Person wird verdächtigt und für die Überwachung durch die BÜTAS freigegeben.

Code Red 2 Der Verdächtige wird mit allen Mitteln 24 Stunden überwacht und muss noch überführt werden. Ein Europe-Agent wird auf ihn angesetzt.

Code Red 1 Ein Terrorist oder Schwerverbrecher wurde entlarvt. Ein Europe-Agent-Team wird auf ihn angesetzt. Die Agents haben die Genehmigung ohne Vorwarnung von ihren Schusswaffen Gebrauch zu machen.

Red One Zero Ist ein Sonderstatus, der von einem Europe-Agent verhängt werden kann. Daraufhin haben alle Behörden, Firmen, Personen usw., den Anweisungen des Agents Folge zu leisten.

Europe-Agent Kurzfassung für Europe-Union-Super-Agent (EUSA). Die Agents bilden eine Spezialeinheit, die der BÜTAS unterstellt ist.

European-Army Einheitsarmee der Vereinten Europäischen Union.

Risk-of-Escape-List In der Risk-of-Escape-List werden Personen geführt, bei denen Fluchtgefahr besteht. Es sind Menschen, die aus der VEU fliehen wollen, um mit ihrem gesamten Hab und Gut irgendwo auf dieser Welt ein neues Leben zu beginnen. Eine Auswanderung in ein Land, außerhalb der VEU, ist seit 2016 untersagt.

Riskos Das sind Personen, welche die Vereinte Europäische Union mit ihrem gesamten Hab und Gut illegal verlassen wollen.